フレデリック・ダール／著
長島良三／訳

夜のエレベーター

Le Monte-Charge

扶桑社ミステリー
1614

Le Monte-Charge
by Frédéric Dard
1961

フィリップ・ポワレ
わが忠実なる読者に。
その忠実なる著者より。
F・D

夜のエレベーター

登場人物

アルベール・エルバン――――――本書の語り手
ドラヴェ夫人――――――――――アルベールが出会った女性
リュシエンヌ――――――――――その娘
ジェローム・ドラヴェ――――――その夫。仮綴じ工場の経営者
ポール・フェリー――――――――教会にいた男

1　出会い

何歳《いくつ》まで男は、母親を失ったとき自分が孤児だと感じるのか？

ママが死んだ狭いアパートに、六年ぶりに戻ったとき、大きな輪差《わさ》結び（紐を輪のように結び、引くと締まる結び方）で胸を情け容赦なく締めつけられるような気がした。

ぼくは、ママが窓辺で繕物《つくろいもの》をするとき、いつも座っていた肘掛け椅子に座ると、まわりの静寂を、においを、ぼくを待っていた品物を眺めた。この静寂とにおいは、黄ばんだ壁紙よりも堅固に存在していた。

ママは四年前に死んだ。ぼくはママの死んだことと、葬式のこととを同時に知らされた。それからの四年間というもの、ぼくはしじゅうママのことを考え、そっと涙を流した。そしていま、わが家の敷居をまたぎながら、ママの死をはっきりと理解し、ためらうことなく受け入れた。

外は、クリスマスだった。

そのことにぼくが気づいたのは、パリに戻ってきて、人でいっぱいの大通りを、イルミネーションで飾られた商店を、交差点にある花飾りのように電球をつけた樅《もみ》の木を、目にしたからである。

クリスマス！

こんな日にわが家に帰ってくるなんて愚かなことだった。

ママの部屋には、ぼくには識別できないにおいが漂っていた。ママの死のにおいかもしれない。ベッドはひどく乱れている。マットレスは巻かれて、古ぼけたシーツにくるまれている。ママの世話をした人たちは、聖水のグラスとツゲの枝を持ち去るのを忘れていた。

これらの物悲しい品物は、整理だんすの模造大理石の上の、黒い木製の十字架のわきにある。グラスのなかにはもう水がなかったし、ツゲの葉は黄色っぽくなっている。

ぼくがツゲの枝をつかむと、葉が部屋の絨毯の上に円《まる》い小さな張り紙のように落ちた。

壁に掛かった古い額縁には、ぼくの写真がある。この刳《く》り形装飾のある額縁には昔、父の勲章がおさめられていたのだ。ぼくの写真は十年くらい前のものだが、あまり魅力的には見えない――性欲を抑えた病弱な若者のような様子をしていた。痩せこけた頬、陰険な目、唇には非常に意地の悪い人間か、非常に不幸な人間だけにしかない、なんとも言いがたいゆがみ。

これほどまでに期待はずれの写真を大目に見るためには、この写真を魅力的と思うためには、母親の目が必要だったろう。

ぼくはいまでは自分を愛している。人生はぼくをたくましくさせた。いまのぼくは気力のある目と、和《やわ》らいだ顔つきをしている。

ひとまずぼくは自分の部屋をのぞいてみることにした。

そこは何一つ変わっていない。ベッドはきちんと整えられている。ぼくの好きだった本は、マントルピースの上に積み重ねられているし、洋服だんすの鍵の向こうには、ハシバミの木片で暇つぶしに彫った小さな人物像が相変わらず置かれている。

ぼくはベッドの上に仰向けに寝転んだ。ベッドカバーのざらざらした感触を味わった。その布の良いにおいは色落ちしていないことを示している。ぼくは目を閉じると、昔朝飯を要求するためにやったように、「おーい、ママ！」と呼んだ。

もっと別な風に、きちんとした言葉で朝飯を頼む者たちがいる。しかしぼくは、日常の声音《こわね》で、ごく簡単な言葉で呼んだのである。あまりにも気を張りつめ、あまりにも熱心に呼んだおかげで、しごく短時間だったが、ぼくは過去から返事を受けたと思った。ドアの向こうにママの存在をほんの一瞬でも感知することができるなら、この残された命を躊躇なく捧げるだろう。そうだ、ママはぼくに話しかけるときいつも少し心配げな声を出していたけれど、その声を聞くためならどんなことでもするだろう。

「おまえ、目が醒めたのかい？」

ぼくはわれに返った。

また眠れるまでには一生が過ぎ去るだろう。

ママを呼んだぼくの声はアパルトマンの静寂のなかで広がり、震え、長く尾を引いた。その声にこめられた悲しみをじっくりと感じる余裕が、ぼくにはあった。

ここで夜を過ごすことはできない。ぼくには物音が、灯火が、アルコールが必要なのだ、つまり生活が！

洋服だんすのなかに、キャメルまがいのオーバーを見つけた。ママによってきちんと《ナフタリンが入れられていた》。以前は少々《ゆとりがあった》が、いまでは肩のあたりが窮屈だった。

オーバーを着ながら、ぼくは洋服カバーのなかにそれぞれ念入りに収められた衣服類をじっと眺めた。粗野な造りのように思える洋服だんすは、ぼくにはもはや似つかわしくない。とはいえ、ぼくの思い出なんかより雄弁に、ぼくの過去を語りかけてくる。

この洋服だんすだけが、過去のぼくがどんな人間だったかを正確に語ることができるのだ。

ぼくは外に出た、というより逃げ出した。

女管理人がぶつくさ言いながら階段を掃除していた。昔からいる年寄りの女だった。ぼくが子供のとき、彼女はすでに死にかけた人間のような精根尽き果てた様子をしていた。昔は、ぼくは彼女のことをものすごく高齢だと思っていた。現在よりも老けているように見えた。彼女はぼくを眺めたが、ぼくがだれだかわからなかった。彼女の視力が低下し、一方ぼくのほうはすっかり変わっていたからだ。

しめっぽい雨が断続的に降っている。雨に濡れた車道は、車のライトでいっそうきらきら光っている。パリ郊外の町、ルヴァロワの狭い通りという通りは、楽しそうな人たちでいっぱいだった。彼らはレヴェイヨン（クリスマス・イヴの深夜にとる祝いの食事）の計画をそれぞれ胸に抱いて職場を出ると、牡蠣《かき》売りの屋台へと急いだ。だぶだぶの船員のセーターに身を包んだこれらの牡蠣売りたちは、数珠《じゅず》つなぎの色とりどりの電球の下で、牡蠣の殻から中身を取り出している。

肉屋、ケーキ屋にも人がぎっしり詰まっている。新聞売りが歩道から歩道へとジグザグに進みながら、しきりにニュースを叫んでいるが、それらのニュースに人々はまったく関心を示さない。

ぼくは胸を締めつける悲しみに身をまかせながら、足の向くままに歩いた。小さな書籍文房具店兼雑貨店の狭いショーウィンドーの前で足をとめた。そこはあらゆる物を売っている町の商店の一軒だった——初聖体の時期には祈禱書、革命記念日には爆竹、新学期には学用品、十二月にはキリスト生誕場面の模型など。これらの店はぼくの少年時代そのものだったが、だんだんと姿を消しつつあった。それだけにいっそう愛着を覚える。

どうして、店に入ってなんでもいいから買おうという激しい欲求に取りつかれたのか? ただ店内のにおいをかぎ、失っていた感覚を取り戻す喜びのためだけなのか? 狭い店内は四、五人の客でこみ合っていた。年取った女主人は、寡婦のように見える。終生喪中にあるようなタイプの女だ。カカオの芳香が店の奥からただよってくる。店に客がいたのでほっとした。店内にぐずぐず長居して、安い掘出し物をさがすことができるからだ。現在のぼくには、そうやって少年時代のいくつかのイメージを追い求めることが必要なのだ。

この場所は、きらきら輝く宝石が山積みされたおとぎの国の洞窟に似ている。クリスマス・ツリーを飾る種々の品物が、棚の上に積みあげられている——ガラスの鳥、紙で作ったサンタクロース、彩色した綿でできた果物がいっぱい詰まった籠、シャボン玉のようなガラスのもろい玉。これらのたくさんの玉が、クリスマス・ツリーの樅の木を夢幻的に見せるのに役立つのである。

ぼくの順番がきた。ぼくの後ろにもすでに何人かの客が待っている。

「何にします、ムッシュー？」

きらきら光る銀色の薄片をまぶした厚紙の小さな鳥籠を、ぼくは指さした。鳥籠のなかでは、青と黄色のビロード製の小鳥が金色の細い止まり木で揺れている。

「それをおくれ！」と、ぼくは口ごもりながら言った。

「そのほかには？」

「それだけでいい」

女主人は鳥籠を小さな厚紙の箱に入れると、箱に紐をかけた。

「三フラン二十！」

店を出ると、ぼくの気分はよくなっていた。この必要もない、クリスマスの品物を買ったことが、どうして突然ぼくを過去と再び結びつけたのかはっきりと理解することができなかった。

それは謎だった。

ぼくはたばこ屋兼カフェに入り、アペリチフを飲んだ。カフェは男たちでいっぱいだった。彼らはレヴェイヨンでの食事のことを夢中になって話し合っている。大部分の男たちは包みを小脇にかかえているか、ポケットに入れている。

ぼくはバスに乗って、パリのグラン・ブールヴァールへ散歩にでも行こうかと思った。

しかし、よく考えて、自分の町にとどまっていることにした。ルヴァロワの町の人たちはふだんはつつましい暮らしをしているが、お祭り騒ぎが好きで、熱しやすい。ぼくは絶えず《物問いたげな》顔を見かけるが、相手はぼくがだれだか見分けられない。

とある交差点で、だれかが大声で叫んだ、「アルベール！」。ぼくはくるりと振り返った。呼ばれたのはぼくではなく、腰をくねらせて三輪自転車を走らせている、小さなチェックのケーキ屋の上着を着た、にきびだらけの背の高い若者だった。

ぼくのなじみの古い町！　しめった煤《すす》と揚げ物のにおい！　でこぼこの舗道！　陰

気な建物！　数軒のバー！　いまや野放し状態になっている野良犬！

　ぼくはしめっぽい小雨のなかを、一時間以上歩いた。楽しい、素敵な思い出や苦い思い出で心がいっぱいになり、ぼくは十五年前に連れ戻された。その頃、ぼくは小学校に通っていた。そして、クリスマスはぼくにとってまだ魔力を備えていた。

　午後八時頃、ぼくは町の目抜き通りにある大きなレストランに入った。レストランというより昔ながらのビヤホールで、内壁や天井が羽目板で鏡があり、ナプキン・リング、長いベンチ、匍匐《ほふく》茎の植物、カウンター式のビュッフェがある。そして、ボーイたちは黒いズボンに白い上着姿である。

　窓にはチェックのカーテンがかかっている。夏は、歩道に観葉植物を出す。この店はパリ郊外でも《指折りのビヤホール》だった。まさに評判どおりの店といっていい。ぼくの子供の頃、母の食事にぼくが《顔をしかめる》と、母はため息まじりに《わたしの料理が嫌なら、シクレの店に行って食べてくればいい》と皮肉を言った。

　たしかに、ぼくの夢はいつかそこで食事をすることだった。しかし、大金持ちか名士たちしかそこでのぜいたくを味わえないように、ぼくには思えた。毎夕、学校からの帰り道、ビヤホールの大きな窓の前に立ちどまり、湯気をとおして座席についている裕福な人たちに見とれた。

食事時間と食事時間のあいだに、偉そうな男たちがブリッジをしに来る。食事時間が近づくと、ゲーム台はつぎつぎと消えていく。それこそあっという間の迅速さで、あとには少人数のギャンブル狂しか残っていない。彼らのまわりで、ボーイたちがすでにいらだたしげに動きまわっている……。

この夜、ぼくは生まれて初めてこの店に入った。

家出する前、ぼくはもうここに出入りできる年齢になっていたし、お金も持っていたけれど、思い切ってドアを押し開ける勇気がなかったのである。

だが、今夜はちがった。それればかりか、常連客のように、ゆったりした足取りで入っていったのだ。

ぼくは長い間家出していたのだが、その間、町に戻ったら《シクレの店》に出入りする決心をし、そのときの仕草をくり返し練習していたので、ほとんど習慣的な態度になってしまったほどなのだ。

ぼくは束の間、識別できないにおいのせいで動揺した。そのにおいはぼくには想像できないものだった。普通のレストランのにおいではなかった。アプサントとエスカルゴと、古い木のようなにおいもする。

部屋の奥には、銀モールと豆電球で飾られた、どでかい樅の木が立てられている。それがこの古めかしいビヤホールに村祭りのような雰囲気を与えていた。

ボーイたちは全員、ヒイラギの小さな葉を白い上着にピンでとめている。カウンターでは、シクレ夫婦が年寄りの常連客たちにアペリチフを出している。

シクレ夫婦は、店主の役割を非常に重要視している。夫婦とも常にめかしこみ、まるで招待客を迎え入れるような印象さえ与えている。

女房はとても肉づきがよくて、暗色のドレスと純金のアクセサリーにもかかわらず、大きなカフェのレジ係を思わせる。亭主のほうは古色蒼然とした服を着た、青白い顔色の男で、頭のてっぺんにわずかな髪が貼りついている。彼は同業組合の理事長をしているにちがいない。発言を求めたり、自分が発言するときにはいつもきまって高位聖職者のような身ぶりをする。

食事時間がやっとはじまったばかりで、客の数はまだまばらだった。ちょっとがにまたのボーイがぼくのところへやってきた。ぼくのオーバーを脱がせて、円形のコート掛けにかけると、顎で部屋を示しながら、訊いた。

「お好みの席がありますか？」

「できたら、樅の木のそばがいい」

《シクレの店》にママを連れてきてやりたかった。ママは一度もこの店に入ったことがなかった。生涯、ママもまた、ここに足を踏み入れることを夢見ていたはずだ。

ぼくは樅の木の正面の腰掛けに座ると、おいしそうな料理を注文した。突然、ぼくは気分がよくなった。ひどく飢えている人が、食物を前にすると気分がよくなるものだ。ひどくねむたい人がベッドに横になると、気分がよくなるものだ。この世の唯一で真の快楽は、欲求を満たすことである。

いまのぼくが欲求を満たしつつあるのは、食欲ではなく、子供時代の夢だ。

ぼくは樅の木の豆電球を数えはじめた。これらの豆電球はぼくを魅了した。豆電球を数え終わったとき、ぼくのすぐわきで、幼児のしゃべり声がした。

「きれいだなあ！」

ぼくは振り返った。隣のテーブルに三、四歳のかなり醜い女の子が、ぼくのようにクリスマス・ツリーを見つめている。

女の子は少し頭が大きく、平べったい顔と赤褐色の髪をし、鼻はハツカダイコンのようだ。彼女は天才少女といわれた時期のシャーリイ・テンプルに似ていた。そうだ、そのとおり、醜いシャーリイ・テンプルだ。

その子は若い女といっしょだった。たぶん母親だろう。ぼくが母子のほうを向いたのを見ると、彼女は子供を見つめられた世の母親のだれもがするように、微笑みながらぼくを眺めた。ぼくはショックを受けた。

彼女はアンナに似ていた。アンナのように褐色の髪をし、アンナのようにアーモンド状の切れ長の目と、陽焼けした顔色だ。ぼくをぞくっとさせたのは、そのほっそりしたと同時に、官能的な唇である。二十七歳ぐらいだろう。アンナと同じぐらいだ。非常に美しく、趣味のいい服装をしている。女の子は母親のような目も、髪も、鼻もしていないが、それでもどこか似ている。

「リュシエンヌ、早くお魚を食べなさい！」

子供は素直に、彼女には大きすぎる皿のなかのシタビラメの細い切り身をフォークで刺すと、不器用に口へもっていった。その間もクリスマス・ツリーから目を離さないでいる。

「大きい木ね、ママ？」

「そうね」

「ここで大きくなったの？」

ぼくは笑った。ぼくの反応に満足して、若い女は再びぼくを見た。しばらく二人は見つめ合ったままでいたが、やがて彼女は目を伏せた。ぼくが彼女の心をかき乱しでもしたかのように。ぼくはこちらを向いている大きな鏡にちらっと目をやった。悪くない顔だ——《人生の痕跡をとどめている》たぐいの顔。三十路《みそじ》にもなれば、皺は魅力的なものである。ぼくは目尻に小皺がいくつもあり、さらに額には深い皺が一、二本刻まれている。

クリスマス・イヴに、この若い女と子供がビヤホールにいるのは奇妙だ。二人を見て、ぼくは心が締めつけられた。二人の孤独はぼくの孤独なんかよりずっと悲惨なのだ。つまりは正真正銘の孤独、深刻な孤独。

《シクレの店》に入って以来ぼくが浸っていた安らぎが、急に輝きを失った。これまでずっと、ぼくは低血圧に苦しんできた。ぼくにとって一寸先は闇だった。ぼくの心のなかでは、いつも低血圧への不安が巣くっていた。子供の頃から、不安がじわじわと滲み出ていた。この悲痛な不安に、ここ六年間ぼくはついに馴れてしまっていた。

ぼくはブロン種の牡蠣を食べ、ついでロゼワインを飲みながら雉《きじ》のポテトフライ添えを食べた。ときどき、鏡に映る女の子を見るふりをして、母親を眺めた。そのたびに、アンナと似ているのを確認してショックを受けた。ぼくたちの手管は食事の間つづいた。ぼくたちの手管といったが、それは若い女もこのゲームに参加したからだ。ぼくが彼女のほうに顔を向けると、彼女はぼくのほうに顔を向ける。そのうえ、こちらが面くらうような規則正しさで、彼女の顔には代わるがわる好奇心、悲しみ、恥じらいがあらわれる。

ぼくたちはほぼ同時に食事を終えた。子供の食べるのがのろかったおかげで、ぼくの食事の遅れとちょうど釣り合いがとれたのである。

若い女はコーヒーと勘定を頼んだ。ぼくもおなじことをした。

いま、ビヤホールは満員である。ボーイたちは走りまわっている。船の機関室での叫び声のように、調理場に注文を叫ぶ声が聞こえる。客の会話がにぎやかになる。駅のコンコースにいるような錯覚を覚える。フォークとグラスがぶつかり合う音、栓を抜いたときのポンという音などが、快活な音楽を作りだしている。とはいえ、それは下品な音楽で、夕食を終えたいまのぼくには、漠然とだが嫌悪感を抱かせる。

カウンターの客たちは、これ見よがしに部屋のほうを向いて、テーブルが空くのをいまかいまかと待っている。ぼくらの勘定はすぐにすんだ。釣り銭を持ってきたボーイが、すでにぼくらのクロークに預けた品を手にしていた。腹をすかせた客たちは席が空いたのを見ると、早くもぼくらのテーブルに押しかけていた。

若い女は女の子に、ビロード襟のウールの上着を着せ終わると、ボーイが彼女の前に広げていたアストラカンのコートに手を通した。黒毛皮のコートを大きく広げて持ったボーイの姿は、まるで化け物のコウモリのようだった。

ぼくたちは戸口でいっしょになった。ぼくは扉を開けたまま押さえていた。彼女は礼を言った。ぼくは間近から、彼女の心をゆさぶるような眼差しを受けた。何時間でも身動きせず、口をきかず、何も考えずに見とれていられる、何とも言いようがない眼差し。

彼女は外に出た。女の子は何事かささやいたが、ぼくには聞こえなかったし、母親も聞いていないようだった。

雨はやんでいた。寒さが戻ってきていた。暖冬にしては変な寒さ。どう考えても雪になることはないだろう。車はまばらにしか通らなかったが、泥水をはね返していった。何軒かの店が閉めはじめていた。ぼくはこれからどうしていいのかわからず、ビヤホールの前で突っ立っていた。ぼくのなかにはまだ彼女の眼差しが残っていて、なかなか消えなかった。

彼女は遠ざかって行きながら、二度にわたって振り返った。その仕草にはぼくの気をそそるようなところは微塵もなかった。怖がっているようなところもなかった。とっさに後ろを振り返ってみたという感じだった。彼女は、ぼくが跡をつけてくるかどうかをたしかめたかったのだ。そのことを彼女は恐れていないし、望んでもいなかった。

ぼくもおなじ方向に向かった。ぼくはくどくどつぶやいた——彼女の跡をつけているのではない。彼女とおなじ通りを歩いたとしても、それは彼女がぼくの家のほうへ足を向けているからにすぎない。

二人ともおなじ距離を保って、数百メートル歩いた。それから交差点があり、ぼくは彼女と女の子の姿を見失った。当然なことだ。ぼくは胸がきゅっと痛んだが、思いがけない出会いと同様、この偶発的な別れも受け入れなければならなかった。悲しみを感じた。六年前、死んだアンナを見たときのような悲しみ。容易に信じられないといった悲しみ。ぼくのなかの何かが、この別れを拒んでいた。

ぼくはそのままわが家に向かって歩きつづけた。

映画館の前に着いたとき、ロビーで映画のスチール写真に見入っている母子に気づいた。

見入っていたのは母親で、女の子のほうはロビーに飾られている痩せぎすの樅の木を眺めている。

郊外の庭に生えているようなひょろひょろした樅の木。その枝々は、装飾のかわりに映画スターのポートレートでおおわれている。

ぼくはこの映画館をよく知っていた。《マジェスティック》という名の映画館で、ぼくは多くの西部劇を見た。その頃のぼくは、サウンドトラックを数小節聴いただけで、その映画題名を言うことができた。

ぼくは映画館のロビーに入った。若い女はぼくに気づいた。彼女はぼくが現れるのを待っていたかのようだった。今度は、彼女はぼくのことをほとんど見なかったが、急に顔から青白さがなくなった。

もし彼女が先に切符売場に行ったなら、ぼくにはそのあとに従う勇気がないことを悟った。そこで先手を打った。切符売場の窓ガラスに、彼女が近づく姿が映った。ぼくは料金を払うと、切符売場を離れた。彼女は女の子の手をにぎって切符売場に立つと、「二人分の切符を」と言った。

ビヤホールでのように、ぼくは館内の扉を開けたまま押さえていた。ビヤホールでのように、彼女は心をゆさぶるような眼差しでぼくを眺めた。今度、彼女はおずおずと、口ごもりながら礼を言った。「ありがとう」

映画ははじまっていた。ウクライナについての記録映画だった。麦の穂におおわれた平野が無限にひろがっている。

座席案内嬢が懐中電灯をひらめかせながら、ぼくたちのところへ駆けよってきた。若い女は案内嬢にチケットを二枚手渡した。女の子のことが目に入らなかったにちがいない座席案内嬢は、ぼくたちがいっしょだと思い、かなり前の席に二人を並べて座らせた。

ぼくの心臓は、アンナと初めて外出した日のようにどきどきした。ぼくは肘掛け椅子のなかで、上半身をまっすぐにし、目はスクリーンに釘づけにしたままじっと身動きしないでいた。スクリーンでくり広げられているものは何も見ていなかった。心臓の激しい鼓動以外、何も聞こえなかった。女の温かみのある気配を感じているだけで、ぼくは気が動転していた。女のコートの芳香がぼくを取り乱させていた。

女の子は大きな声で、母親にいろいろとたずねた。そのたびに母親は女の子のほうに身をかがめて、ささやいた。

「おとなしくして、リュシエンヌ。おしゃべりしてはいけないの！」

子供はおとなしくなった。もっとも記録映画は終わり、館内に灯りがついた。

ぼくは古びた映画館を再び見出した。塗り替えされていなかった。相変わらずみすぼらしいワインの澱《おり》の色で、フラシ天のカーテンは深紅色、肘掛け椅子はぎしぎし軋み、スクリーンの下には厚紙に色をつけて作った観葉植物が置いてある。

お菓子の入った籠を持った座席案内嬢が、鼻にかかったひややかな声で「お菓子、ええ、お菓子」とくり返しながら通った。

「キャンディーがほしい！」と、女の子が母親にねだった。

これは母親に近づく唯一のチャンスだった。もちろん独創的とはいえないが、理想的なやり口だ。ぼくは座席案内嬢と若い女の間にいる。一箱のキャンディーを買い、それを子供に差し出しながら母親に、有無を言わせぬ口調で、「よろしいでしょう、お母さん」とささやくことができたはずだ。

それなのに、ぼくは顔をひきつらせ、手をぎゅっと握ったままでいた。座席案内嬢がキャンディーの箱を籠から取りあげたとき、ぼくは仲介の労をとる仕草さえしなかった。

休憩時間は終わった。ぼくは早く光が消えてしまえばいいと思った。一刻も早くぎこちない気まずさを忘れさせてくれる、くつろいだ感じを再び見出したいと思った。ぼくは映画の題名さえ知らなかったが、そんなことはちっとも気にならなかった。スクリーンに文字がつぎつぎと現れはじめたが、ぼくはそれを読む気にもならなかった。

ぼくはビヤホールにいたときのあの心地よい満足感を取り戻していた。それは何よりもまず安心感である。真の幸福をしばらくでも味わえたという確信である。

女の子は眠り込んでいた。肘掛け椅子の上で心地よい姿勢を取ろうとしながら、うめきはじめた。しかし、うまくそうすることができなかった。そこで、母親は子供を膝の上に抱きあげた。子供の両脚がぼくの両脚にぶつかった。

「ごめんなさい」と、母親が言った。

「なんでもありません。ぼくは……子供を横に寝かせてもいいですよ」

そうはせず彼女は手で子供の足首を握りしめて、足でぼくを蹴らせないようにした。この手がぼくの心を奪った。ぼくはこの手をそっとつかみ、握りしめたままでいたいという欲求を抑えながら、少し待った。ぼくにはこの手に触れることが必要だった。ぼくは策略を用いることができる、というよりちょっとばかりいんちきをすることができる。肘掛け椅子の肘掛けに体をもたせかけるのだ。そうすれば、ぼくの指はごく自然に彼女に近づき、彼女が腹を立てないやり方でその指に軽く触れることができる。

しかし、ぼくは思い切ってそうしなかった。

ぼくは彼女のほうを向いた。彼女もじっとぼくを見返した。ぼくは有頂天のあまり死ぬかと思った。そんなに悩むことはなかったのだ。このまま意志を貫けばいいのだ。ぼくは彼女の手を取った。彼女は子供の足首から手を離した。ぼくらの指はいったん開かれ、それから共通の祈りでもするかのように、固く握り締められた。それは官能的で、荒々しい、奇妙な感じだった。

ぼくは自分が力強いのを感じた。六年間が一瞬間のうちに、たったいま消え去り、ぼくはアンナといっしょだった。彼女は絶えず生きつづけていた。彼女はぼくを愛していた。彼女はぼくに情熱を与えていた。ぼくは彼女に力を伝えていた。

この見知らぬ女に向かって、どうしてこう言ってはいけないのか。

「ぼくはあなたを愛している」

本当に愛しているからなのか?

多くの人は、愛というのは《心にしっかり根を下ろした》感情であり、その帰結であると思っている。ぼくはそうでないことを知悉《ちしつ》している。アンナを愛し、最初に見交わした視線でこの若い女を愛したぼくには。

ぼくたちは長い間、指をからみ合わせたままでいた。そうやって手でセックスしていたのだ。やがて女の子が足で二、三度蹴りあげると、眠ったまま泣きだした。母親は手を引っ込めた。それはぼくにとって胸を引き裂かれるような悲しみだった。

彼女は眠っている子供にささやいた。

「おうちに帰りましょうね。リュシエンヌ。おうちでねんねしましょうね」

これはぼくに向かって話しているのだ。

「もしよろしかったら」と、ぼくはぼそぼそ言うと、女の子をつかみ、両腕にしっかり抱き締めて、立ちあがった。女の子は重かった。まだ赤ん坊のにおいがした。女の子の器量の悪い小さな顔は、眠っているとかわいらしくなり、感動的でさえあった。

ぼくは座席の横の通路を女と並んで歩いていった。ぼくは彼女と親密な間柄のような気がした。彼女の足取りには、ぼくの馴れ親しんだリズムがあった。ロビーに出ると、ぼくたちは裸の蛍光灯のどぎつい光のなかで顔を見合わせた。彼女は少し顔をひきつらせたようだった。ぼくは、それがぼくの厚かましい振る舞いにたいする反応であることを恐れた。

しかし、こうするように仕向けたのは彼女ではなかったのか？

「車がありますか？」

「いいえ、わたしはこのごく近くに住んでいます」

彼女は両腕を、子供を抱きかかえる形にして前に出した。

「どうもお世話さま……この子は夜ふかしする習慣がないもので」

「いっしょに行きます！」

彼女はこのことを予期していたにちがいない。それでもやはり、何かが——それが何かぼくにはわからない――彼女の目のなかで揺らいだ。彼女は子供のほうへ両腕を差し出したまま、じっと身動きしないでいた。それから、だらりと両腕を垂らした。

「ありがとう」

そう言うと、彼女はぼくらのことを気にかけずに歩きはじめた。ぼくは彼女についていくのに苦労した。というのは、女の子がますます重くなったからだ。ぼくが子供を両腕に抱くのは、生まれて初めてのことだった。それがこれほど感動的なものだとは思いもしなかった。ぼくは注意深く歩いた。この大切な荷物を抱えたまま転ぶのを恐れたからだ。

こうして、ぼくたちは前後になって通りの端まで歩いた。ついで、彼女は右に、ぼくの知らない新しい地区のほうに曲がった。ぼくが家出したときには、まだ新開地にすぎなかった地区だ。

その場所は薄暗かった。商店も、牡蠣売りの屋台も、樅の木もなかった。ただアパルトマンが建ち並ぶだけで、窓ガラスごしに色とりどりの灯りがかすかに見分けられた。

暗がりのなかに、明るい色の建物が建っている。若い女が向かったのは、その建物のほうである。ここまでの道のりの間、彼女は一言も話しかけなかった。娘とぼくのことを忘れてしまったかのようだった。

二、三度、女の子はもがいた。ぼくは子供を胸に抱き締めて、おとなしくさせなければならなかった。とても神経質な子にちがいない。

テレビとラジオの音が聞こえた。人々はまだ十時になったばかりだというのに、もう《さやかに星はきらめき》を歌い出していた。これらの物音は一種の非現実的なバックグラウンド・ミュージックとなっている。唯一の現実は、濡れた歩道を踏むぼくらの規則正しい足音だけだった。

彼女が真新しい鉄製の門の前で立ちどまったとき、ぼくはもう精根尽き果てていた。門の上には、黒で縁取りした黄色の文字でこう書かれている。

J・ドラヴェ——仮綴《かりと》じ工場

彼女はポケットから鍵を取り出し、扉を押し開けた。正念場がやってきた。ぼくは、半開きの門の向こうに広がっている暗い、神秘的な空間をねたましげに見た。ぼんやりと中庭が見分けられる。二台のトラックが置かれている。中庭の突き当たりに、三階建ての建物がいくつかある。大きな天窓が、通りの角にある街灯の光を反射している。すべては暗く、しっとりとしていた。

ぼくたちは映画館のロビーでのように目を見交わした。

「やっと着いたわ」と、彼女はささやいた。それから、ごく簡単な言葉をつけ加えたと思うが、それらの言葉はあとになって奇妙な意味を帯びることになる。

「ここなの！」

これは別れの挨拶なのか？　それとも、誘いなのか？

結局、最も簡単なのはそれを彼女に訊くことだった。

「ぼくたちはここでお別れですか？」

彼女は返事をせずに、なかに入った。

それは誘いだった。

2　最初の訪問

中庭の両側には、何千枚という紙の山がそびえ立ち、ガラス製の屋根によって護られている。

いちばん奥の建物はいずれも作業場である。右手に、黒塗りの大きな鉄の扉がある。その扉の上のプレートには、《私用出入口》と書きなぐられている。

若い女はこの扉を開けると、内側に手を伸ばし、スイッチをひねった。だが、光がぱっとつかなかった。

「そうだったわ」と、彼女はつぶやいたが、それ以上なんの説明もしなかった。

ぼくの腕を取ると、彼女は暗がりのなかを先導した。ぼくは盲人のような足取りで、暗闇のなかを進みながら、子供の頭を壁にぶつけることを恐れた。

彼女は足をとめた。少しの間手さぐりしていたが、やがてエレベーターの扉がすうっと開いた。

「荷物用エレベーターに乗りましょう」と、彼女は言った。

彼女のあとから、ぼくは金属製の広いボックスのなかに入った。ボックスの天井の鉄格子から、三階の天井のガラスの揚げ戸が見えた。そこからごくかすかな光が落ちてきている。

「お疲れになったでしょ?」と、彼女は暗がりのなかでささやいた。「この子、重いでしょうから」

ぼくは彼女の腰がぴったりくっつくのを感じた。この状態が一晩じゅうつづけばいいと思った。

金属製のボックスはごくゆっくりとあがっていく。突然、動かなくなった。若い女は扉を開けると、ぼくと子供が出る間押さえてくれていた。

「気をつけて、段差がありますから」

ぼくは一歩前に大きく踏み出した。彼女はぼくの腕をつかんでいる。爪がぼくの体にくい込んでいる。ぼくが子供を落とすことを、彼女は恐れているのだろうか？

暗闇は濃かった。荷物用エレベーターの天井の鉄格子の隙間から洩れる光では、踊り場を照らすには十分でなかった。

彼女の住居のドアを開けるには、三つ目の鍵が必要だった。

今度は、スイッチをひねると、光が溢れた。ぼくは白く塗られた玄関のなかにいた。玄関のドアの正面には、客間に通じる両開きのガラス張りのドアがある。

彼女はぼくを客間に導いた。相次いで二つのドアを通ったので、ぼくは不思議な迷路のなかに入り込むような印象を受けた。

どうしてぼくはこれほど不安になるのか？　この若い母親と眠っている子供以上に、安心させられるものがあるだろうか？　この母子の姿よりさわやかで、心をなごませられるものがこの世にあるというのか？

玄関同様白い客間は、大きくはなかった。樅の木が部屋の大部分を占めている。今日一日、ぼくは道々で何本のクリスマス・ツリーをすでに見ているだろうか？　しかし、ここのこそ本当のクリスマス・ツリーだ！

ほかの樅の木がイルミネーションなのにくらべて、ここのは本物の蠟燭《ろうそく》で飾られているので、ずっと風格がある。枝々の先には、地味な装飾品が吊りさげられている。「この木のために、わたしたちは家具をいくつか取りのぞかなければならなかったのですよ」と、若い女は説明した。「森のなかではごくちっぽけな木にすぎないでしょうが、でもここではねえ！」

革のソファと肘掛け椅子が一脚ずつ、移動式のバー、それに低いテーブルの上にはレコード・プレーヤー。

「お座りになって、どうぞご自由に飲んでてください。わたしはリュシエンヌを寝かせてきますから。数分で戻ります。あなた、ワーグナーがお好きですか？」

彼女はレコード・プレーヤーを始動させ、調整すると、優雅な仕草でぼくから子供を取り戻した。彼女は何かを待っているようだった。

「ねえ、何をお飲みになります？」と、彼女は訊いた。

「そうですね、あなたが勧めてくれるものならなんでも」と、ぼくは軽口をたたいた。

この若い女と知り合って初めて、ぼくは飢えた狼とは別人の様子をしてみせることができたのだ。

「あら、なんでもございますのよ——コニャック、ウィスキー、チェリー・ブランデー……」

「では、コニャックを少々いただきましょう」

彼女は注意深く前に出た。どうして彼女は、ぼくが手酌でやることをしつこく望んでいるのか？　ぼくは手酌でやるのが好きではなかった。それはママがぼくにつけた悪い習慣だった。わが家では、ママがいつでも給仕をした。招待客たちのときでも、ママは有無を言わさず、独断で彼らの皿に料理をとってやるのだった。

「コニャックは左手にある大きな瓶ですよ」

ぼくはその瓶をつかむと、白い卓上マットの上に逆さに置かれていたブランデー・グラスをひっくり返した。遠慮がちに、コニャックをなみなみと注いだ。

彼女は微笑んだ。

「失礼してよろしいかしら？」

「どうぞどうぞ」

彼女は客間を出るとドアを閉めた。ぼくはオーバーのボタンをはずした。平静を装うため、クリスマス・ツリーをじっと眺めた。まったく奇妙な夜だ！　この意外な出来事がどこまで行くのか、ぼくにはわからなかった。しかし、ぼくはこれが意外な出来事であることを確信している！

ポケットに手を入れると、ぼくの指は今夕買った厚紙の小箱の角にぶつかった。そのとき、ぼくにある考えが浮かんだ——黄色と青の小鳥が入った、きらきら光る銀色の薄片をまぶした鳥籠を、この樅の木にひっかけるのだ。この考えはたぐいまれな幸福をぼくにもたらした。クリスマス・イヴに、神はぼくに微笑まれた。この鳥籠を小箱から取り出して樅の木のとがった葉に取りつけるというただそれだけのことが、まったく純粋な喜びをぼくにもたらしたのである。

ぼくは後ろにさがって、鳥籠のぶらさがりぐあいをじっくり眺めた。ぼくが自分の手で作った鳥籠なら、もっと得意な気持ちになれただろう。鳥籠は枝の先で、きらきら光る石英の白い粉を少し雨のように降らせながら、小さな鐘のように揺れている。鳥籠のなかでは、ビロード製の小鳥が止まり木の上で揺れ動いている。とうてい言い表わしえないほどの感激をもってぼくが見入っていたのは、ぼくの過ぎ去ってしまった少年時代だった。

ぼくは厚紙の小箱を押しつぶすと、ポケットのなかに入れた。クリスマス・ツリーへのぼくの捧げ物を神秘めかすためには、秘密のままにしておいたほうがいい。たぶん女主人と子供はそれに気づかないだろう。だが、いずれは見つけ出して、あれこれと憶測するにちがいない。

ぼくはオーバーをソファの上に投げ出すと、コニャックのグラスを手に取った。もうずっと久しい間、コニャックを飲んでいなかった。この家のコニャックは第一級品だった。一口飲んだだけで、ぼくは陶酔状態になった。要するに、幸せの一口ってわけだ！

女主人は十五分後に戻ってきた。ぼくを驚かせたのは、彼女がアストラカンのコートを着たままでいたことだ。彼女はぼくの視線を目で追い、気づいたようだった。「あのかわいいおちびちゃんが、ぐっすり眠り込んでいたもので！」と、彼女はコートを脱ぎ去りながら言った。

それから移動式バーに近づいた。

「わたし何を飲もうかしら？　コアントローか、それともチェリー・ブランデーか？」

かん高い音楽のため、彼女は声を張りあげた。

ぼくは感嘆の表情を顔に出さないようにして彼女を眺めた。

彼女の優雅さと、物腰の自然さをぼくは愛した。彼女は気取らない、いきいきした仕草をする、わざとらしさが毛筋ほどもない。部屋のなかを動きまわる彼女を見ることは――チェリー・ブランデーをワン・フィンガー分だけ自分で注ぎ、そのグラスを持ちあげてぼくに向かって無言の乾杯をしてから、錆《さび》色の液体に唇を浸す彼女を見ることは、すばらしかった。

ぼくは非常に長い間子供を抱きつづけていたので、肩が痛かった。リラックスするため、ぼくは体に沿って両腕をだらりとさげたままでいた。

彼女はレコード・プレーヤーのところへ行って、音量をさげた。

「この界隈に住んでおられるの？」

「ええ、奥さん。しかし、ぼくは六年間この町を離れていて、今日の午後帰ってきたばかりなんです」

「胸を打つ話ね。クリスマス・イヴに帰ってくるなんて！」

彼女の声は穏やかで、ときどき低くこもった調子を帯びた。その控え目な仕草と完全にマッチした声。

「クリスマスだから、帰っていらっしゃったの？」

「いや。偶然にそうなっただけです」

「遠くにいたの？」

「ええ、とても遠くに」

レコードが終わった。彼女はスイッチを切った。沈黙が流れた。ぼくがあまりしゃべりたがらないのを感じてか、彼女は質問するのをためらっていた。それでもぼくは質問してもらいたかった。ただし、自分から進んで話はしないという条件付きで。いまのぼくには、彼女が率先して訊いてくれることが必要だった。

「あなたはクリスマスのレヴェイヨンを待っていたのでしょ？」

「ちがいます、奥さん。ぼくは独りぼっちでした、あなたのように。そのことをあなたはよくわかったはずです」

彼女は目をそらせた。

「そのとおりよ」

それから、ちょっと考え込んだあとで、

「わたしがしてほしいのは……」

「あなたがしてほしいのは？」

「えーっと、わたしの振る舞いがあなたの心に生じさせた、あいまいさをすべて消し去ってほしいのです……」

彼女はうまく表現できないので、ひどく気まずそうだった。

「あいまいさって？」

「えーっと、一人の男が映画館で見知らぬ女の隣の席に座ったとします。その男は女の手を握り締め、女は手を引っ込めようとはしない。となれば、男は女を簡単にものにできたと思うはず、そうでしょ？」

ぼくは首を横に振った。

「ぼくは安易な気持ちであなたの手を取ったわけじゃないし、あなたにしたって安易な気持ちでぼくに手を握らせていたわけではないでしょう?」

彼女はチェリー・ブランデーをそっと一口飲んだ。

「このようなことがわたしに起こったのは生まれて初めてなのだと言ったら、あなたはお信じにならないでしょうね?」

「どうしてぼくがあなたを信じないのですか、とりわけクリスマス・イヴに奇跡的なことが起こったというのに?」

彼女はぼくの心を揺さぶる例の奇妙で、やさしい微笑をしてみせた。

「ありがとう。わたし、あなたに手を握られたかったの……あのとき、わたしは悲嘆にくれていたのよ」

「ぼくとおなじじゃないですか!」

「あなたも? わたしに話してきかせて」

「ぼくの事件はとても精神的なものだった。だから、いったん言葉にしてしまうと、神秘性と緊張感とがことごとく失われてしまうのです……」

「それでもいいから話してみて」

「七年前、ぼくは国立工芸院で技師免状を取得して、良い職につけた。でも、それが大きな不幸になったのです」

「不幸ってどんな?」

「ぼくは恋におちた」

「それなら大きな幸せじゃないの、そうじゃなくて?」

「ぼくも最初は、そう思った。しかし、彼女は結婚していて、ぼくの雇い主の妻だった……ぼくたちは駆け落ちした。ぼくはすべてを捨てた、苦労してぼくに学業をつづけさせてくれた年取った母も、職も、何もかも!」

「それで?」

　数年来、ぼくはたとえだれであろうとアンナのことを話したことはなかった。心の奥底に沈んでいたさまざまなイメージが、表面に浮かびあがってきた。ぼくとホテルのベッドにいるアンナが、ネグリジェから乳房の片方をはみ出させているアンナが、目に浮かぶ。あるいはまた、海辺で髪を風になびかせているアンナ。微笑んでいるアンナ。泣いているアンナ。死んだアンナ。

「彼女は死んだ！」

「ああ、そうなの。それは恐ろしいことにちがいないわ」

「そのとおり、恐ろしいことです。その結果ぼくは……彼女のもとを立ち去った」

「よくわかるわ」

「ぼくのいない間、ママも死んでいた。いま、世界はぼくにとって十字架のない墓地になってしまった。その墓地には墓穴と亡霊がいっぱいだ。

　そういったわけで今日、ぼくはこのひどく荒れ果てた町に戻ってきた。ぼくの小さなアパートはここの目と鼻の先にある。クリスマス・ツリーのかわりに、聖水の入ったグラスのなかに黄色くなったツゲの小枝があった。ぼくは耐えがたい気持ちになって、アパートを出た。そしてビヤホールで、幼い娘さんといっしょのあなたを見た。ぼくにとって、あなたはこれからの人生そのものになるでしょう！」

「あなたのその言葉はとても大切です。自分自身はごくつまらない存在でも、他人のためになれるなら大いに励みになるでしょう」

ぼくは手を差し出し、彼女はその上に手を重ねた。今度は、暗闇のなかでのおずおずした手の接触ではなかったし、いきなり握り締めたわけでもない。はっきりした意志による行為であり、盗みとった愛撫よりもずっと人間的な連帯感ある仕草だった。

「あなたのことを話してください。おたがいに語り合いましょう」

「わたしのほうはあなたとは正反対です」

「というと？」

「あなたは人妻を奪いましたが、わたしのほうは男の問題なのです」

彼女は黙った。ぼくはぜひとも知りたかったが、打ち明け話を彼女に強要する勇気はなかった。彼女はしばらくぼくの手をじっと見つめていた。ぼくは恥ずかしかった。いまのぼくはもはやインテリのような手をしていなかったからだ。

「わたしの話も七年前にさかのぼります。わたしは美術学校に通ってました。映画のセット・デザイナーになりたかったの。そこで、わたしの夫になる男に出会った。彼はとてもハンサムで、金持ちで、スポーツカーを持っていました。わたしはそのスポーツカーに魅《み》せられました。いまどきの娘たちはしばしば車と結婚するものです。それは世紀病です！

わたしは彼のジャガーのクロームめっきした荷台の上で、天国へ連れていってくれるものと思ってました。彼が結婚を申し込んだとき、わたしは《イエス》と言いませんでした。《イエス》と叫んだのです！　彼の家族との間に少し軋轢がありました。それは、わたしに財産がなかったことによります。わたしの父は元将校です。ドラヴェ家の人たちは、父が結婚式に制服姿で出席すると知ると、結婚を認めました。陸軍大佐というのは、結婚式では非常に幅をきかせるものなのです」

彼女は再び黙った。思い出がどっと押し寄せるのに身を任せているようだった。そのとき、ぼくは映画館でのように再び、「ぼくはあなたが好きだ」と言いたい気持ちに駆られた。

「クリスマスだから、あなたが好きだと言っていいですか？」

「ええ、いいですとも！　どうぞ言ってください。もうずっと以前から、だれもわたしにそう言ってくれませんでした」

「話をつづけて」

「わたしの身の上話、あなたに興味があります？」

「単なる身の上話以上に興味があります」

「いいえ」と、彼女はささやいた。「これは単なる身の上話にすぎません。といったわけで、わたしはそのさっそうたる青年と結婚したのです。彼の家族はこの小さな仮綴じの工場を建ててくれました。リュシエンヌが生まれて……」

「あなただって幸せだったでしょう、ちがいますか？」

「わたしもそうでした。しかし、人生にはいつでもずれがあるものです。すべてを破壊したのは、このずれでした。

　あなたの場合、このずれは雇い主の妻を愛したことから来ましたね」

「あなたの場合は？」

「結婚後六か月目に、リュシエンヌが生まれたことから来ています。結婚式を挙げたのは、ジェローム・ドラヴェと初めて出会ってから七か月目でした。赤ちゃんは、この世でいちばん美しい女の子でした。未熟児保育器のたぐいは全然必要ではありませんでした」と、彼女はにがにがしげに冗談めかして言った。

彼女の身の上話は結局、ぼくのとおなじように月並みで、小説めいたところはまるでなかった。

彼女はため息まじりにつけ加えた。

「夫は自分の子ではないと言い張ったのです。夫の両親も……」

「離婚は?」

「カトリック教徒の町工場では、離婚はできないのです!」

「あなたはその……婚約時代のドラヴェ氏に、子供ができているかもしれないことを、前もって知らせなかったのですか?」

「ええ、わたしには……どうしてそんな卑劣なことが言えます? 妊娠するとは思わなかったのです。ジェロームと出会う前、わたしは……言葉を選べば、手術を受けたことがあるのです。とにかく、はっきり言って、あさましいことをしたものです!」

「女の子が生まれてからは?」

「悲劇的でした——夫の実家とは仲たがいし、それに夫の心はわたしから急速に離反、い、い、しました。まさにその言葉どおりです。初め、夫は数人の愛人をつくりましたが、そんなことはわたしにとって大したことではありませんでした。しかし、そのうち愛人をたった一人にしたのです。わたしの生活は苦難の道になりました。

わたしはもうほとんど夫には会いません。夫は仕事に専念するため、階下《した》にいます。階上《うえ》まで来るときは、リュシエンヌをひっぱたくためか、わたしを売春婦扱いするためです」

彼女はぼくのグラスにコニャックをなみなみと注いだ。自分自身のにはチェリー・ブランデーを少し注いだ。

「奇妙なクリスマス・イヴね、そうじゃなくて?」と、彼女は話をつづけた。「わたしたちは一時間前に出会いました。わたしはあなたの名前を知りません。あなたはわたしの夫のドラヴェという名前しか知りません。とはいえ、わたしたちはおたがいの人生を、一気に語り合いました」

「すみません、奥さん、ぼくの名前は……」

彼女はぼくの口へさっと指を押し当てた。

「だめ、お願いだから、名前を言わないで。このままのほうがずっといいんです。わたしたちにはたっぷり時間があります……いまのわたしはあなたに、たった一つお願い事があります」

「なんでも言ってください」

「外に出ましょう！　うちの子はぐっすり眠り込んでいるから、一、二時間は放っておいても大丈夫です。わたし外で、男の人に抱かれて、クリスマスを見たいのです」

「《男の人》に抱かれて？」と、ぼくはため息まじりに言った。

彼女は有頂天になった。

「あら、いまのは嫉妬深い男の言葉よ。ね、いい、わたしにいちばん欠けているのは、嫉妬という感情なの」

彼女は再び《男の》と言いかけて、ぴたりと口を閉ざした。それから、いきなり呵々大笑した。

「行きます？」

彼女はマントルピースの上に置かれたぼくのグラスを取ると、移動式バーの上のほうの棚に置いた。この女は細心綿密で、だらしのないのがきらいにちがいない。

彼女は客間の灯りを、ついで玄関の灯りを消した。再び暗い踊り場に、二人は立っていた。

「二日前から電球が切れてしまったの」と、彼女は告げると、ぼくの手を取り、荷物用エレベーターの扉を開けた。エレベーターが降下している間、彼女はぼくの手を離さなかった。ぼくは、エレベーター・ボックスの急降下が常に引き起こす、深淵に呑み込まれていくような奇妙な感覚が好きだった。

いまでは通りは静かだった。空は明るくなり、夜は結氷のせいで、磨かれた金属のようにきらきら光っていた。すべての商店の灯りは消えていた。ときおり、お祭り騒ぎの好きな一団が、ばか笑いしながら交差点から出てきた。

ぼくと彼女は腕を組んでいた。いまではだだっぴろく見える人気《ひとけ》のない通りを、幸せそうにゆっくりと歩いた。

交差点の夜光文字盤の大時計が、十一時二十分前を指している。ぼくらは酔っぱらった乞食とすれ違った。乞食はぼくに施しを願った。

「クリスマス・イヴはほかの夜とはちがうのだと、あなたは思いますか?」と、彼女はぼくに訊いた。

「もちろんです。人々がそのように決めたのですから」

「あなた、信仰をお持ち？」

「それは日によりけりです。人とは逆で、幸せなときに信仰を持つんです」

「いまは信仰をお持ちなの？」

「ええ」

彼女は腕を強く押しつけてきた。彼女の心地よい体温がぼくの体のなかに広がるのを感じた。腕を組み、腰を軽く触れ合わせて歩いて以来、彼女への漠然とした欲望がぼくを責めさいなんだ。

突然、ぼくは彼女が身震いするのを感じた。

「寒いんですか？」

「少しばかり」

「バーにでも入りましょうか？」

「わたし、人に会いたくないの」

不意に、何かがぼくの心を打った。それは、すべてが脈絡のないことだった。心のなかで、ぼくは上昇し、とある未来の町の模型に見入るように、この界隈に見入った。ぐっすり眠り込んだ娘のいる、彼女のアパルトマンがある。陰気で、ひどく荒涼としたぼくのアパート……それに、夢遊病者のような足取りで、ぶらぶら歩いていることの冷たい通り。

彼女は急に足をとめた。

「わたし、あなたの家に連れていってほしい」

ぼくはほとんど驚かなかった。

「ぼくにはそんな勇気がない」

「あら、どうして？」

「陰気だし、第一ずいぶん長い間人が住んでいなかった」

「そんなこと大したことじゃないわ。わたし、理解したいの」

「理解したいって何を？」

「あなた困るの？」

「困るが、あなたがどうしてもというのなら」

二人はぼくの家への道を取った。そこはぱっとしない通りで、隣接するどの通りよりもずっと暗かった。犬が一匹、向かいの歩道を満足げな足取りで歩いていく。ときどき塀のにおいを嗅ぐため、まじめくさった顔つきで立ちどまる。

「ここです」と、ぼくは建物の前で足をとめると言った。

その壁のはがれ落ちた建物の正面は、まだよく治っていない火傷の傷あとを思わせた。ドアは開いたままで、悪臭をともなった隙間風が玄関を吹き抜けていく。

手さぐりで、ぼくは自動消灯スイッチをさがしたが、こうした機械的な仕草では、スイッチはなかなか見つけ出せなかった。二十年にわたる習慣も、長い間家を離れていたためすっかり鈍くなってしまったのだ。

「やめて、灯りをつけないで」と、彼女は哀願した。「そのほうがずっと神秘的ですわ」

ぼくたちは、二階までしか絨毯が敷かれていない木の階段をあがった。絨毯は真ん中の部分が完全にすり切れている。二階から上は、踏み板を一段踏むごとに太鼓のよ鼻をつんと突く消毒水のにおい同様、恥ずかしかった。

昔、自動消灯スイッチの灯りが消えてしまったあと、暗闇のなかでドアを開けなければならなかったときでも、一ぺんで確実に鍵穴に鍵を差し込むことができた。しかし今夜は、それができるまでに少なくとも二分かかってしまった。

黄色いガラスの電灯用飾り鉢が、玄関を照らしている。そのガラスの飾り鉢は、三重の組み紐によって天井から吊りさげられている。組み紐の先端には総飾りがついている。蜘蛛が数匹、天井で大いに楽しんでいる。壁紙が湿気のため凹凸模様になっていた。

「あなたのお母さまが亡くなってから、だれもこの家の世話をしなかったの？」

「いや、女管理人が。でも、ごらんのように、ひどくいい加減なものです」

ぼくは連れの女を食堂に入れた。

「どう、人生の一断面は？」と、ぼくはみすぼらしい家具、銅の植木鉢、刺繍された卓上マット、チェックのカーテン、飾り玉で作った笠、壁にかかった俗悪な彩色画を指さしながら冗談を言った。

彼女は答えなかった。

ぼくはブロンズ像がこれ見よがしに置いてある楕円形のテーブルを、彼女に指し示した。母の自慢の品だったブロンズ像は、二輪馬車の片方の車輪を押しあげるため、地面に足を踏ん張っている筋骨たくましい男を模《かたど》ったものだ。その片方の車輪たるや滑稽きわまりない形をし、筋骨たくましい男も、ごくわずかなことにとてつもない努力を払っているように見えた。

「このテーブルの上で、ぼくは宿題をしていたんです」と、ぼくは説明した。「それというのも、特別の日のほかは、台所で食事をしたからなんです。数年間、ぼくはこのブロンズ像がとてもセンスのいいものだと思っていた。それからある日、ブロンズ像を見て、少し恥ずかしくなった。とはいえ、ぼくはブロンズ像を愛しつづけた。それはとくに、ぼくが永久に失ってしまった安心感といったものが像に備わっていたからなんです」

彼女は目に涙を浮かべていた。ぼくは遺体が安置されてあった部屋のほうへ彼女を押しやった。ぼくには説明しなくてはならないものは何一つなかった。彼女は理解した。長い間彼女は、ぼくが大切なママの幻影を見つけ出そうとした、この深い悲しみを与える部屋をじっと眺めていた。

ぼくの部屋のほうへぼくを引っぱっていったのは、彼女である。

「あなたはここに住みつづけるつもりなの?」

「さあ、どうかな」

「あなたには予定がないの?」

「再び出立しようかと思ってます。しかし、その前に、しばらくここに滞在していたい。それはママのためです、わかりますね?

ママはぼくのいない間に、独り淋しくここで死んだのです。ぼくは、ママと二人きりでしばらくここで暮らして、恩返しをしたいと思っています」

ぼくの声はかすれた。しかし、ぼくはしっかりした声を出しているものと思っていた。額を壁にもたせかけると、ぎゅっと握り締めた拳をできるだけ強く目に押しつけた。

隣家のラジオから《帰れソレントへ》が流れてきた。

彼女は両手をぼくの肩に置いた。ぼくは、彼女の頭がぼくの背中にもたせられるのを感じた。

「やはりあなたの名前を教えて」と、彼女はささやいた。

3 散歩

彼女はぼくのベッドへ座りに行った。

そして、ぼくのファーストネームを小声で、自分自身に向かってささやいた、「アルベール……アルベール」

ぼくは、コートの前を開いてベッドに座っている彼女を見ながら、ぼくの部屋に入った女は彼女が初めてだと考えた。そのとたん、顔が赤らむのを感じた。

「あなたはぼくが愛した女性に不思議なほどよく似ています」

「本当に？」

「いま、それを言うのは不作法でしょうか？」

彼女は《全然そんなことはない》といった意味の漠然とした仕草をした。

「どんな女《ひと》だったの？」と、ドラヴェ夫人はたずねた。

「あなたのようだと言ったはずです。たぶん褐色の髪の色があなたよりもう少し薄かったでしょう。それに背はあなたより少し高かった。しかし、顔の形はあなたとそっくりです。目の形もおなじで、鋭い、考え深そうな目つきをしてました」

「あなたがわたしに注意を払ったのは、その女《ひと》に似ていたからなの？」

「いや」

「まだその女《ひと》を愛しているのかしら？」

この質問に、ぼくはうろたえた。アンナが死んでから、そのことを一度も自問したことがなかったからだ。

「死者への想いがいかに強かろうと、それは愛とはいえません」

ぼくはみすぼらしい絨毯の上にひざまずくと、両腕で彼女の両脚をぎゅっと抱き締めた。すると、彼女の細長い手がぼくの顔に近づき、優しさと悲しみをこめて愛撫した。

「あなたは一生涯、人見知りする若者のままでいるのでしょうね、アルベール？」

「なぜです?」

「さあどうしてかしら、そのような気がするの」

ぼくは彼女の両脚を放すと、彼女の手を取り、唇へ持っていった。その手はきめの細かい、絹のようになめらかな肌で、驚くほど温かかった。

「この世でいちばん美しい手」と、ぼくは口ごもりながら言った。

彼女は満足げな笑みを軽く浮かべた。

「わたしの手にあなたが気づいてくれてうれしいわ。ふつう、男たちは女の手のことなんか口にしないものよ」

彼女がドレスの袖口の赤みがかった小さな星形の二つの染みに気づいたのは、このときである。その二つの染みはかなり間隔が空いている。とても小さな染みだったけれど、ドレスの明るい色の布地の上ではくっきりと見てとれた。

「あら、この染みは何でしょうね?」彼女はぼくも染みに気づいたことを察して、こうささやいた。

ぼくは笑った。

「まるでピンの頭のような染みですね」

　ぼくの快活な声音にも、彼女の気持ちは落ち着かなかった。彼女は困りきっていた。この魅力的な瞬間を乱すのに、ごく些細なことでこと足りるのだ。ぼくは魔法が解けてしまったのを、悲痛な気持ちで感じとっていた。ドレスの染みの些々《ささ》たる偶発事の数秒前まで、ぼくたちは二人とも少々非現実的な状態のなかにいたのだ。この女はすでにぼくのものだった。ぼくたちの話、ぼくたちの行為、ぼくたちの沈黙さえもが、当然の結果として肉体的な愛へとぼくらを導いていた。

　それが絶ち切られてしまった。しらけてしまった。ぼくたちは再び前のように、この奇妙なクリスマス・イヴの最中に、二人ともそれぞれが途方に暮れ、孤独になっていた。

「この染みを取りたいので、水が少しほしいわ」

　ぼくの住居には浴室がなかった。二十年間、ぼくは流しで体を拭いていた。彼女を台所へ連れて行った。だが、水道は止められていた。とはいえ、ぼくは女管理人に手紙を書き、水道・ガスの使用申込みをしておいてほしいと頼んでおいたのである。水道の蛇口をひねったが、水はただの一滴も出てこなかった。

彼女はいささか当惑したようだった。

「それでは、バーへ行きましょう」と、ぼくはため息まじりに言った。

そんなわけで、ぼくたちは家を出た。戸口をまたぐ彼女を眺めながらぼくは、一分間の沈黙があれば、彼女をこの腕のなかに抱き締められたのにと思った。心のなかに悲痛な絶望感がめばえた。体じゅうに途方もない後悔の念が広がった。

若者であったぼくは、独り寝のベッドのなかで何度、女を抱き締めている夢を見たことか。女はいつもおなじではなかった。その日のうちに出会った娘たちの顔を、夢のなかの相手とした――ぼくに微笑みかけた売り子の顔であったり、車からしとやかに降りてくるのを見た上流階級の婦人の顔であったりした。ときには、雑誌の表紙に載っている女優の写真でもあった。

数年の遅れを経て、ぼくは夢で見たよりももっとずっとすばらしいやり方で、もう少しで夢が実現されるところだったのである。

「あなた、打ちひしがれているようね?」と、再び人気《ひとけ》のない通りをさまよい歩いているとき、彼女が言った。

「ええ、少しばかり」

「どうして、アルベール?」

「どうかぼくをアルベールと呼ばないでください」

「あなたの名前を言ってはいけないの?」

「ええ」

ぼくは不作法にならないように、できるだけ誠実であろうと心を配って答えた。

「男をファーストネームで呼ぶときには、その男を愛していなければなりません」

「あなた、わたしにそうしてほしいの?」

「そのとおりです」

「なぜ?」

「あなたが分かち合えない感情を、ぼくがあなたに抱くのは正しくないからです」

「わたしが分かち合えないと、だれがあなたに言ったかしら?」

「いいですか、一目惚れというのは、実のところ、男の専用物なのです。たちどころに恋の絶頂にのぼりつめるには、女はあまりにも明晰すぎます」

彼女は足をとめると、要求した。

「キスして」

それはほとんど命令だった。彼女の口調には、断固とした決意があった。

ぼくは彼女の腰に手をまわすと、口を彼女の唇に押し当てた。このキスはぼくを有頂天にした。

唇が離れると、ぼくたちは速足でさっさと歩きだした。まるで何かを恐れている人たちのように。

「あなたは……さっきあなたの部屋のなかでこれをしたかったんでしょ?」

「ええ」

「わたしのこと少し恨んでいる?」

「もういまでは、そんなことありません。部屋のなかでより、いまのほうがよかった」

彼女は肩をすくめた。

「もちろんね。でも、男の人って本当は部屋でのほうが好きなんでしょ?」

ぼくたちは、客でいっぱいの大きなカフェの前に来た。二人はそのカフェに入ったが、どのテーブルも塞がっていたので、カウンターに立っていた。ジュークボックスが鳴り響いていた。晴れ着をきて、紙のシェシア帽（アラブ人がかぶる円筒形の縁なし帽）をかぶった若い人たちが、音楽に合わせて玩具の笛を吹いている。

店内の真ん中で、四人の老人がトランプをやっていた。クリスマス・イヴにトランプをしてるなんて、なんという人たちなのだろう！

「ちょっと失礼するわね」

軽やかな足取りで、彼女は化粧室のほうへ酒飲みたちの間を縫って行った。ぼくは濃いコーヒーを注文すると、色とりどりの照明を浴びて作動するジュークボックスを眺めながら、彼女を待ちはじめた。レコードが、回転砥石《グラインダー》のように、垂直に回転する。ピックアップのアームは連接棒に似ている。

「ああ、これで厄介事は片づいたわ」

彼女はドレスの濡れた袖口をぼくに見せた。

「いったい何だったんです?」

「赤い蠟燭のはねた跡よ」

この言葉に、ぼくは漠然とショックを受けた。ぼくは二つの染みを見ている。そして、それが蠟燭でなかったことをはっきりと見分けていた。

「何を飲みます?」

「何もいらないわ。もう帰らなくては。娘が一人きりでいることを忘れないで」

ドラヴェ家の工場は月明かりの下で、まるで積み木遊びの建物のように見えた。この町の煤は、家々の壁にまだ古色を帯びさせていなかった。白い漆喰塗りが十二月の夜のなかにどぎつく浮かびあがっている。

「さあ、ここでお別れしましょう」と、ドラヴェ夫人がため息まじりに言った。「いま何時かしら?」

ぼくは腕時計を見た。

「午前零時十五分前です」

「十五分後に、イエス・キリストはお生まれになったのね。キリストがいつの日か人類の罪を贖《あがな》うと思います？」

突然、ぼくは悲しくてたまらなくなった。

「人類の罪などぼくにはどうでもいい、ドラヴェ夫人。人類などぼくには関係ない！ぼくに関心があるのは、あなただ。もう二度と再び会えないかと思うと、ぼくは頭がおかしくなる……」

「また会えるわ！」

「あの世で？」と、ぼくはぶつぶつ不平を言った。

「そんな不平を言ってはいけないわ。それじゃ、運命の午前零時を祝って最後の一杯をいっしょにやります？」

いま彼女と別れてはいけない！　もっと彼女に会いつづけ、もっと彼女の話を聞くのだ！

「ええ、もちろんですとも」

彼女は薄暗い門を開けた。ぼくは再び中庭を、塀に沿って並んでいる二台のトラックを、紙の堆積を保護しているガラス張りの屋根を、糊と厚紙のにおいを見出した。

「ここの仮綴じ工《かりと》たちが、仮綴じしているのは何です？　本ですか？」

「ええ。でも、いまはおもに手帳よ」

ぼくたちはまた荷物用エレベーターに乗った。と、いきなり彼女はぼくに体を押しつけてくると、鋼鉄のボックスのなかで燃えるような熱いキスを与えた。最初のときとおなじ熱烈なキスだった。

エレベーターはとまった。ぼくたちはまだ激しく抱き合っていた。彼女は片方の脚をぼくの両脚の間にすべり込ませた。ぼくはその脚を夢中になって挟みつけた。ぼくらはもはや一つの口、一つの呼吸でしかなかった。

「さあ出て！」突然、彼女はぼくを押しやりながら言った。

その動作があまりにも激しかったので、ぼくはくるっと反転してしまった。彼女は扉を開けると、最初のときのように、ほとんど機械的にくり返した。

「気をつけて、段差がありますから」

4　二度目の訪問

　ぼくたちは眠っている子供を目醒めさせないよう、物音を立てずに彼女のアパルトマンに入った。玄関に入ってドアを閉めるや、彼女は灯りをつけた。と、彼女は叫び声をあげた。叫び声というのは正確ではない、むしろ呻き声なのだ。

「どうしました？」と、ぼくはうろたえてぼそぼそ訊いた。

　彼女の目は玄関のコート掛けにじっと注がれている。黒っぽい灰色の、ビロード襟のオーバーがそこに掛かっていた。

ところで、このオーバーはぼくらがここを出たときには、掛かっていなかったのである。

　このオーバーに彼女は竦《すく》んでいる。呼吸するのをこらえ、耳を澄ましている。この静まり返った家のなかにどんな危険が潜んでいるのかを見抜こうとするかのように。

それというのも、たしかに危険が潜んでいたからだ。

「ご主人のオーバーですか?」と、ぼくはささやいた。ぼくも確実に危険を感じ取っていた。

彼女は小さくうなずいた。

「ということは、《ご主人》はここにいる?」

ぼくがさらに話しつづけようとすると、彼女は手でさっとぼくの口を塞いだ。彼女は頑なに聞き耳を立てつづけている。彼女を激しい不安に陥れているのは、コート掛けのオーバーと、アパルトマンの水を打ったような静けさだった。

ぼくは彼女の手を口から引き離すと、彼女に勇気を起こさせるためかのようにぎゅっと握り締めた。彼女の心臓が激しく鼓動している。ぼくは彼女が聞き取れるように一言ずつ区切って言った。

「ご主人は戻って来ないはずだったんですか?」

彼女は《肯定》の身ぶりをした。

「おそらく服を着替えにきて、また出ていったのでは?」

彼女は肩をすくめた。ぼくの言ったことを信じていない。

「きっと寝ているんでしょう?」

ぼくのささやき声は、やたらにしゅうしゅういう音が目立った。ぼくは声をうまく出せなかった。とにかく声にならずに音を立てているような案配だった。

彼女は、今度は《否定》の身ぶりをした。

彼女が困っているのは、夫が危険だからというより、いるはずがない彼がいるためのようだ。

「ぼくは出ていったほうがいいかな?」

そう言いながら、ぼくは卑怯者だとみなされることを恐れた。こうした場合に逃げ出す色男は、さもしい人間なのだ。しかし、ぼくは微塵たりとも逃げたくはなかった。ぼくは嫉妬した男の怒りに立ち向かうつもりだった。ぼくの体内には未使用のエネルギーが、しきりに噴出したがっていたのである。

彼女は返事をためらっている。ぼくには彼女の混乱ぶりが理解できた。彼女はどうしていいのかわからないのだ。二人は逃げ出すべきなのか、それとも反対に立ち向かうべきなのか？

彼女は突然、決心した。ほとんど自信に満ちた声音で、だれにともなく言った。

「あなたなの、ジェローム？」

静寂。ぼくらの張りつめた神経を逆撫でするような深い静けさ。

ぼくは肩をすくめた。

「ご主人はまた出ていったのですよ。あなたが家にいなかったので、どこかでクリスマス・イヴを送ることにしたのでしょう……」

今度は、ぼくは正常に話せた。

彼女はまばたきでこの推測を認めた。さきほど客間の灯りを消して出ていったときには、客間にはだれもいなかったのだ。彼女は廊下の奥へと向かいながら、各ドアを開けていった。最初のドアは子供部屋に面していた。ぼくは一歩前に出て、小さなリュシエンヌを見た。リュシエンヌは明るい木の小さなベッドでおとなしく眠っていた。壁にぴったり張りつけられたベニヤ板には《ドナルド・ダック》の絵がいくつも描かれている。玩具がいくつも絨毯の上に散らばっている。

子供部屋の前のドアは、夫婦の部屋のドアである。夫婦の部屋にはだれもいなかった。ベッドは乱れていない。ポルトガル製の円柱式ベッドで、天蓋にはごてごてした飾りがある。

「やっぱり、だれもいないわね！」

念のため、彼女は台所と、ついで食堂を一瞥した。

ここにもだれもいない！

そのため彼女は安心したようだった。

「どうしてうちの人が真夜中に来たのか。わたしにはわからないわ。習慣にはないことですもの」

「たぶんあなたに、どうぞ良いクリスマスをと言いたかったのではないですか？」

「あの人が！　あなたには彼のことがわからないのよ。どう考えても不思議ね……さあ、飲みましょう。もうすぐ真夜中だわ」

ぼくは彼女の腰に手をまわして、

「真夜中だ！」

ぼくは人差し指をあげると、

「耳を澄ませて！」

界隈の大時計がゆっくりと十二時を打った。荘重な音色が、夜のじっと動かない空気のなかで鳴り響いた。

「キスして」不意に彼女が哀願した。「わたし怖いの！」

ぼくは再び彼女を両腕に抱き締めた。

「もっと強く！　もっと強く！　わたし怖いの……」

彼女の興奮状態はひどかった。彼女はぴったり体を押しつけてきたが、その狂おしさにぼくはたじろいだ。

「さあ、落ち着いて。何を恐れているの？　ぼくがここにいるじゃないですか……」

彼女は客間のガラス張りのドアを開けると、灯りをつけた。

恐ろしい光景だった。ぼくが最初に訪れたときに座ったソファに、男が斜めに横たわっている。片足をクッションの上に、背中をソファの肘掛けにもたせている。ダークブルーのスーツを着ている。左手は体に沿って垂れさがり、右手は頬とソファの背もたれの間でねじ曲がっている。頭の一部分がもぎとられていた。右のこめかみと頭のてっぺんにかけてぽっかり穴があき、そこから血がほとばしったのだ。弾丸は頭蓋を打ち砕き、天井に当たって跳ね返ったらしく、石膏《せっこう》の大きな剝片《はくへん》が落ちている。

死者は目を閉じ、口を軽く開けている。そのため前歯の金歯が光っているのが見えた。

彼女は何も言わない。斧の一撃で根もとを切断されたが、すぐには倒れない若々しい樹木を、彼女はぼくに連想させた。ぼくは荒々しく女の肩をつかむと、玄関へ押し返した。

彼女の顔はまっ青だった。顎は震えている。

コート掛けにかかったオーバーを、彼女は再びじっと見入った。まるでそれが死体であるかのように。

「ご主人のですか?」と、ぼくはやっと聞き取れるささやき声で訊いた。

「ええ」

はるか遠くから《さやかに星はきらめき》の歌が聞こえてきた。この歌は、風が無限の空間から運んでくるかのようだった。

切れ切れになったかと思うと、不意に大きくなったりする。

ぼくは客間に戻った。飾りつけられたクリスマス・ツリーのそばの死体は、強烈な印象を与えた。三十二、三歳の男で、とても貴族的な上品な顔つきをしている。角ばった、わずかに突き出た顎は、活動的な人間であることを示している。

用心深くぼくは、ソファのまわりを一周した。ぼくは何物にも手を触れたくなかった。それでもぼくにはすぐに理解できた。男の上半身とソファの背もたれの間に、拳銃があった。男は自分の頭を撃ったあと、拳銃を手から放したのだ。

彼はしばらく前に死んだのだろう。たぶんぼくたちがここを出た直後かもしれない。大量に出血し、血はクッションの上に流れた。ぼくは周辺に、彼を自殺に追いやった理由を書いた手紙をさがした。だが、何もなかった。おそらくその遺書は、あとで彼の衣服のなかから見つかるだろう……。

かすかな音がしたので、ぼくは顔をそちらに向けた。女が戸口に立ち、ドアの縦桟に頭をもたせている。彼女は死んだ夫を見つめていたが、その目はひどくおびえているというより、信じられないといった風だった。

彼女にはわけがわからなかったのである。

「本当に死んだの?」と、彼女はたずねた。

「そうです」

この質問は余計だった。男の頭にはぽっかり穴があいている以上、もはや生きていないことは明らかだったのだから。

いったいどうして、男は人生への賛歌であるクリスマス・ツリーの前で自殺する気になったのか?

移動式バーは相変わらずソファの前にあった。それに、ぼくらのグラスが二個、並んでいる。一つのグラスの底にチェリー・ブランデーが少し、もう一つのグラスの底にはコニャックが少し、それぞれ残っている。

「恐ろしいことだわ」と、ドラヴェ夫人は死者に近づきながらささやいた。

「触ってはいけない!」と、ぼくは忠告した。「とても重要なことなんです」

「あっ、そうね……警察にとって？」

「ええ、警察にとって。この種の自殺は、どんなに細かいことでも非常に重要になるのです」

「自殺？」

「彼が頭に弾丸を撃ち込んだのは、明らかです」

彼女はそれをまったく信じていないようだった。

ためらいの間《ま》があった。どんな処置を取ったらいいのか、ぼくたちにはわかっていた。だが、分別ある行動をとることがなかなかできないでいた。

彼女はいま何を感じているのかと、ぼくはいぶかった。悲しみだろうか？　ぼくはもう少しでそのことを訊いてみるところだった。しかし、死体を前にして、そんなことが訊けるわけがない。

「警察に電話をしなければならないでしょ？」

「もちろんです」と、ぼく。

しかし、彼女は一歩たりとも動こうとしなかった。死者の傷口が彼女の注意を惹きつけて離さなかった。

すべてはあっという間の出来事だったにちがいない。その証拠に、すでに耳にした大時計の鐘の音が十二時をまだ打ちつづけていたからだ。瞬間的な悪夢！　人は恐ろしい出来事の夢を見る。無数の呪いをかけられて苦闘する。それから突然、この夢幻がまばたきする間しかつづかなかったことを知る。しかし、ぼくらにとっては、悪夢はつづく。死体はあくまでも死体である。ぼくたちがじっと見つめていると、斜めに横たわった体にときどき震えが走るような気がする。ぼくたちは自己暗示をかけようと努めた。そして、この悪夢が終わるのを待った。だが、これは夢ではなかった。現実というものはあらゆる辛抱強さを持っている。

やっとドラヴェ夫人が反応し、いきなり客間を出ていった。ぼくは彼女が廊下を遠ざかる音を聞いた。少しして、電話のダイヤルがまわる音がした。そのとき、ぼくはある恐ろしいことを思い出した。その恐ろしい考えは、ついさっきまで心に浮かばなかったことだ。

ぼくは錯乱したように客間を飛び出した。

彼女は自分の部屋の腰掛け用クッションに座り、膝の上に電話機をのせていた。電話番号をまわし終わったところだったので、ぼくは彼女の手から電話機をひったくった。

受話器が彼女の化粧台の上でくるくるまわり、香水の瓶を割った。月下香《げっかこう》の鋭い香りが即座に部屋のなかに広がった。

若い女は動転したようだった。

「でも、どうして？」

「警察に知らせるのはちょっと待ったほうがいい」

彼女に言わなければならないことは、いわく言いがたいことだった！

「でも、かけなければならないわ」と、彼女は異議を唱えた。

「たしかに、そのとおりです。しかし、あなたは警察の人たちにぼくのことを話してはいけません。こうしたたぐいの出来事に、ぼくはかかわってはならないのです」

彼女はひどく意気消沈したが、頭は明晰だった。ぼくは彼女の目に軽蔑がぱっと燃えあがるのを見た。突然、彼女にとって、ぼくはこうした窮地に陥り、厄介事にまき込まれると思ってすっかり動転している哀れな好色漢になりさがった。

「あなたの考えていることが、ぼくにはわかります。しかし、あなたは誤解している。警察の人たちにぼくのことを話してはならないと頼んだのは、あなたのためなのです。今夜、この家にぼくがいたことは、あなたの役に立たないのです。ぼくはあなたの証人にはとてもなれないのです」

彼女はほとんど息をしていない。口を軽く開け、目を丸くして、いまにも失神しそうだった。その虚脱状態がぼくを不安にした。

「気分が悪いのですか？」

「いいえ。話をつづけて！」

話しつづけることは、こうした出来事のあとでは容易ではなかった。

「ぼくは今夜の初めに、身の上話をしましたね。しかし、不完全だったのです。というのも、結末を話さなかったからです」

ぼくは再び口をとざした。極度に興奮している彼女は、叫びだした。

「ねえ、言ってちょうだい！　わたしがもう精根尽き果てていることを、あなたはよくご存じでしょ！」

「ぼくと駆け落ちした女ですが……三か月後には、彼女の恋は冷めて、ぼくと別れたがった。そこで、ぼくは……ぼくは女を殺したんです！　激情による発作！　ぼくの犯罪をこのように名づけたのは、ぼくの弁護士です。ぼくはエクス＝アン＝プロヴァンス市で裁判を受け、禁固十年を宣告された……昨日マルセイユのボーメット刑務所から釈放された。刑の短縮を得たのです」

彼女を見ずに、ぼくは一気にしゃべった。ひっくり返った電話機を凝視していた。それは死んだ獣に似ていた。ぼくは電話機を拾いあげると、受話器を架台におさめた。

「ぼくは前科者です、ドラヴェ夫人。ぼくらが夜の一部をいっしょに過ごしたことが警察にわかれば、ご主人の自殺は不審に思われてしまう、わかりますか？　いまのぼくは、でかいがどんなものかを知っている、彼らは常に最悪の事態を想像する！」

彼女は両手で頭を抱え込んだ。彼女にとっては悪夢はまだつづいている。奇妙な継続のしかたをしている。

「それでも、警察はわたしたちを疑うことはできないわ。わたしたちはいっしょでしたもの。わたしたちは一時《いっとき》も離れなかったもの！」

「だれがそれを証明してくれます？　あなたかぼくしかいません。もし警察がぼくらの共犯を疑ったら、ぼくらは窮地に陥ってしまう。人の行為の善《よ》し悪《あ》しは評判で決められてしまいます。ぼくはすでに人を殺している、わかりますね？」

彼女はおびえたようにぼくをちらっと見た。そして、わずかに後ずさりした。この女はぼくが殺人者であることを悟り、こうした場合にあらゆる人が感じることを感じたはずだ——嫌悪の情のまじった恐怖。

「出ていって！」

「はい、奥さん……」

「ここからすぐに立ち去って！」彼女は唸るような声でくり返した。

「ぼくたちは話を合わせておく必要があるでしょう……」

「いいえ！　わたしはあなたのことを知りません。あなたがここから出ていけば、わたしはあなたに会ったこともないのです。いいですね？」

「お好きなように。しかし、警察は……」

「警察はわたしが引き受けます。出ていって！」

彼女のきびしい目つきにたじろぎ、ぼくは後ずさりで客間を出た。いっしょに過ごした二、三時間のあいだに、ぼくは彼女を弱々しい、途方に暮れた女だと思っていた。それが突然、逆境にあって、驚くほど冷たい、決断力のある女になった。彼女はもう犠牲者のようにはまったく振る舞っていなかった。彼女の心の底には、ぼくに痛みを与える冷酷さがあった。ドラヴェ夫人を抱き締めたときに、彼女が見せたやさしい顔つきを、ぼくは思い起こそうとしてみた。

もはやおなじ女ではなかった。

玄関に立ったぼくは、幻想から醒めていた。

ここに死んだ男がいる。ぼくは人に言っては恥ずかしい理由で、その男の住居にいた。そのぼくは刑務所から出たばかりだ。

このアパルトマンには狼用の罠がしかけられているように、ぼくには思われた。ぼくは玄関を出かかって、死体から五十センチばかりのところにあったコニャックのグラスを思い出した。グラスには指紋がべたべたと付いているはずだ。

ぼくは客間に戻ると、ハンカチでグラスをきれいに拭いた。おまけに、大きなコニャック瓶の細長い頸もぬぐった。それから念のため、移動式バーの縁と暖炉のマントルピースをぬぐった。最後に、客間のドアの取っ手をこすって汚点《しみ》一つないようにした。

オーバーのポケットにハンカチをしまったとき、ぼくの手はクリスマス・ツリーに吊るした鳥籠の入っていた、ねじり曲がった厚紙の箱に触れた。そう、もう少しで忘れるところだった。指紋はこのざらざらした箱の表面や、鳥籠にもきっと付着しているだろう。あとに何も残さないのに越したことはない。

ぼくはクリスマス・ツリーに近づくと、銀色の薄片をまぶした厚紙の小さな鳥籠を取ろうとして、手を伸ばした。その手が、麻痺状態に陥ったように宙に浮いたままになった——鳥籠もビロードの小鳥もなくなっていたのだ。

ひょっとして鳥籠が落ちたのではないかと思って、ぼくは樅の木の枝々をかき分けてみた。しかし、さがしても無駄で、どこにも見当たらなかった。だ、れ、か、が、鳥、籠、を、取、り、除、い、た、の、だ。

ぼくは玄関にドラヴェ夫人の足音を聞いた。

「まだ行かなかったの?」と、彼女は驚くと同時に、ぼくを疑わしげな目つきで眺めた。彼女はぼくの手を、ついで夫の死体を見た。ぼくが何かを動かしたのではないかと心配しているのか?

彼女はますますアンナに似ていた。アンナがぼくに、もう二人の仲は終わりよと告げたときの、再び夫とよりをもどしたがったときの、あの虚ろな目を彼女はしていた。とはいえ、ぼくはもう一度両腕に彼女を抱き締めて、彼女の気持ちを和らげる言葉を言ってあげたかった。しかし、ぼくはただこう言っただけである。

「申しわけありません、奥さん。ぼくは帰ります」

彼女は玄関のドアを開けた。ぼくは彼女が《これでお別れね《アデュウ》》とささやいたと思った。だが、たしかではない。

5　良い忠告

ドアはぼくの背後で荒々しく閉められた。ぼくは暗闇の真っ只中にいた。階下《した》から、紙を貼るのに使う糊のにおいが立ちのぼってきた。ぼくは進むべき方向を見つけるため、マッチを擦った。左手に、階段があり、ぼくの前には荷物用エレベーターのボックスがあった。

ぼくは鋼鉄製のボックスに入った。そのボックスは、病人を横たえたまま上がるために造られた病院のエレベーターに似ていた。つまり、細長いボックスなのだ。

ぼくは操作盤をさがした。マッチの炎はすでに指をなめている。赤と黒の二つのボタンに気づいた。赤のボタンは黒のボタンの下にあった。ぼくは赤のボタンを押した。ボックスは大きく揺れながら、ゆっくりと降下していった。ぼくはマッチを捨てた。

マッチは床の上で燃え尽きた。小さな白い紙テープが燃えだした。ぼくはそれを靴底でもみ消した。かすかな光が消えてなくなった。

中庭に駐車された二台のトラックを眺めながら、ぼくはドラヴェ氏の自動車のことを考えた。彼は歩いて自宅に帰ったのではないはずだ。とすると、彼の車はどうなったのか？　まわりを見まわしてみても無駄で、車は見えなかった。通りにもなかった。だれかが彼を自宅まで車で送ってきたのか？　銀色の薄片をまぶした厚紙の小さな鳥籠を持ち去ったのは、だれなのか？

この鳥籠の消失が、仮綴じ工場の主人の死とおなじほどぼくの心をかき乱した。

ぼくはオーバーのポケットに両手をいまいましげに突っ込むと、三、四歩あるいた。ぼくは世のなかの冷酷さを恨んだ。刑務所で六年間、釈放される日を一日千秋の思いで待ったあとで、身がすり減るまで後悔の念にさいなまれたあとで、悪夢よりつらい不眠症にさんざん悩まされたあとで、ぼくは再び血なまぐさい出来事にかかわってしまった。アンナの死はぼくの絶望の果てであったのだから、彼女の死によってぼくの心が癒されることなどなかった。ぼくは苦悶と共に生きつづけなければならなかった。

この六年間のあとで、ドラヴェ夫人のそばで過ごした二時間だけ、何もかも忘れることができた。だが、そんな短時間だけでは十分ではない。

ぼくはこの界隈から逃げ出さなければならないだろう。ごうごうと音を立てて燃えさかる火のように喜びを爆発させている人々のなかを、できるだけ遠くまで大急ぎで立ち去らなければならないだろう。

だが、心の内奥の力がドラヴェ夫人の家のすぐ近くで、ぼくの足を引きとめた。ぼくはこの常軌を逸した状況を、おとなしく受け入れるわけにはいかなかった。眠っている小さな女の子と男の死体との間に、ぼくの人生に幸せの瞬間を与えてくれた女を、一人きりで残していくことはできない。二人はキスを二度しただけだし、そこから長つづきしないことは承知していた。しかし、二度のキスはどんなに激しい抱擁よりも堅く、どんなに合法的な結婚よりも決定的に、どんな秘跡よりも強烈に、ぼくらを結びつけた。

彼女はぼくをほとんど追い出したといっていい。女をだます術《すべ》を心得ている男を許さない、あの残酷な目つきをしていた。ぼくが彼女を助けることができないので、彼女はだまされたと思ったはずだ。ぼくが消え失せることが彼女自身のためになるのを、彼女は理解したのだ。そう、彼女はそのことを理解したのだ。だが、正しいと認めたわけではない。

通りの反対側に、フェンスに囲まれた建設工事現場が広がっている。その空地の真ん中に、巨大なクレーンがそびえ、建築資材が山のように積みあげられている。なんだか港のような外観を呈している。

フェンスの縁に沿って、ガラスの屋根付きのバス停の待合所がある。この一種の住居のような場所に、ぼくはそっと身を潜めた。オーバーの襟を立てると、石のベンチに腰をおろした。

ぼくは彼女から遠くないところにいて、事件の結果を見たかった。おそらく彼女はぼくのことが必要になるだろう。どのような結末になるのかぼくには予測できないが、しかし、ぼくにはひそかな直観があった。まもなく警察がくる。警察は現場の確認を行なうだろう。どうやってドラヴェ夫人は窮地を脱するのか？　彼女は自宅にいたと主張することはできない。自宅にいたとなれば、拳銃の爆発音を聞かないはずがないからだ。また、彼女が外出していたことを認めるならば、でかたちは彼女がどこへ行ったかを訊くだろう。それを彼女は言うことはできない……そうだ！　いい考えがある！

ぼくはバス停の待合所を出ると、最寄りのカフェのほうに走った。そこはぼくたちが先ほど入ったカフェではなく、一杯飲み屋を兼ねた炭屋だった。例外的に、今夜は非常に遅くまで開いていたのである。

三つのテーブルと小さなカウンターしかない小さな飲み屋だった。狭い部屋は二つに区切られている。奥のほうの部分では、袋詰めの木炭と薪の束を売っている。

主人夫婦と六人ぐらいの常連客が、レヴェイヨンをしていた。テーブルの上に、フライパン一杯の白ブーダン（牛乳と鳥のささ身などの腸詰）があり、熱いバターのいいにおいがしていた。

客たちは飲みすぎていて、口もきけないほどだった。ほとんど悲しそうな顔つきをしていた。

彼はぼくを闖入者のような目つきで見た。

「電話をお借りします」

主人は肥った小男で、口ひげをはやし、蛙のような皮膚の鼻をしていた。彼はため息をつきながら立ちあがった。手にはナプキンを握り締めている。

「店の奥の部屋にある」

主人はそこへぼくを案内すると、ナイフの先端で歯をせせりながら、恥知らずにもぬけぬけと待っている。

バス停の待合所を去る前にぼくは運よく、門に書かれたドラヴェ家の電話番号を憶え込んでいた。ぼくはできるだけ早く電話番号をまわした。だが、六年間も刑務所に収監されていたので、いくつかの習慣と共にダイヤルをまわす習慣もなくしてしまっていた。そのため二、三回くり返さなければならなかったのである。

やっとベルの鳴る音が聞こえた。ああ、警察がまだ現場に来ていませんように！

呼び出し音は恐ろしいほどの規則正しさで鳴り響いている。やむをえず電話を切ろうとしたとき、だれかが受話器をとり、無言のまま待っている。普通はとっさに《もしもし！》と言うものであるが……。

ぼくは喉が渇いた。電話に出ているのが刑事であることは明らかだ。ぼくは刑事たちのやり方を熟知している。

ぼくの考えは目まぐるしく回転した。どうすべきか？　話さないで切るか？　それはいかがわしく思われる。番号を間違ってまわしたようにでも振る舞うか？　ぼくは、はったりをきかせられそうにもなかった。きっと調子はずれの声を出してしまうはずだ。

「ぼくです」と、ぼくは哀れにも口ごもりながらぼそぼそと言った。

ドラヴェ夫人の声は、この上なく心地よい音楽のようだった。

「だと思ったわ。何かご用？」

「あなただけですか？」

「ええ、そうよ」

「警察に知らせたのですか？」

「警察を待っているところよ」

「ぼくは考えたのですが……ぼくが思うに……とにかく、あなたは真夜中のミサに行っていたので家にはいなかったと説明すればいい……」

「よけいな心配をしないで。いかなる方法にしろ、もう絶対にわたしと連絡を取ろうとしないで、お願いよ」

彼女は電話を切った。

口ひげの主人は歯をせせり終わっていた。

カフェの部屋のほうでは、夜食の客たちがしゃべろうとしていたが、ひどく酔っているので《脳天からしぼり出すような声》だった。

「ウジェーヌ」と、女将が呼んだ。「あんたの煮込みがさめてしまうわ」

「すぐ行くよ」

主人は奥のほうの店の灯りを、ぼくが部屋から出てくるのを待ちもせずに消してしまった。客たちは赤ワインのような真っ赤な目をして、ぼくをじろじろ見た。

昔、ぼくと母は風変わりなやり方でクリスマスを祝った。ぼくたちは家に閉じ込もる。ぼくは食器台の大理石の上に、縁の欠けた石膏《せっこう》のクリスマス人形付きの古びたキリスト生誕場面の模型をのせる。それからぼくたちはローストチキンとシャンパンで夜食を食べ、大きい蠟燭のゆらめく光のなかで夜を過ごす。この大きい蠟燭は、ときおりつぎの年に再び使う。

「あなた、何を飲みます?」

ぼくは主人を眺めた。

「そのお客がすんだら、扉の取っ手を外してよ」と、女将が口に食べ物を入れたまま叫んだ。

「ブランデー」

主人は指ぬきほどの大きさしかないグラスに、ブランデーをいっぱい注いだ。錫製のカウンターの上の、赤ワインの二粒の滴がぼくに、ドラヴェ夫人の袖についた二つの小さな染みを思い起こさせた。彼女はその染みを大急ぎで消している。いまのぼくは、それが血の染みであったと確信している。その考えに、ぼく自身うろたえた。

ぼくはお金を払うと、ブランデーを飲まずに店を出た。小さなグラスに一度も口をつけなかったことに思い至ったのは、しばらく歩いてからだ。

ごく当然のこととして、ぼくはバス停の待合所に戻ると、正面の家を見張った。警察の車は一台も、ドラヴェ家の前に駐車していなかった。今夜パトカーはとても忙しいのか？　どうして警察はこんなに遅いのか？　ぼくが彼女の家を出てから、十五分以上経《た》っている。

眠っている子供を抱いてドラヴェ夫人の家に着いたとき、ぼくはいっとき不安感をもった。灯りのない奇妙な暗闇のなかに入りながら、まるで謎めいた迷路の敷居をまたいだような気がしたからだ。いま、その不安感がもどってきたが、前よりも強く、前よりも現実的だった。

明るい色の文字のついた黒い大きな門は、ある夫婦の不可解な歴史を物語る、驚くべき本のカバーのようだった。

クリスマス・イヴに子供と二人きりの妻。けばけばしく飾り立てられた樅の木の前で自殺した夫。

ドレスの袖についた二つの血の染み。

クリスマス・ツリーの枝からなくなった厚紙の鳥籠……。

そして第四の人物は、ぼくだ。結局、ぼくは重要な役割を演じることになる――証人の役割。

門がかすかに軋む音に、ぼくはびくっとした。中庭の門が開いたのである。アストラカンのコートを着たドラヴェ夫人が、小さな女の子の手を引いて、外に出てきた。

6　策略

彼女は後ろ手に重い門を閉めたが、鍵はかけなかった。ついで、どちらの方向に行っていいのかわからない人のように、左を眺め、右を眺めた。

実は、ぼくは彼女がぼくをさがしているのではないかと思った。だが、本能がぼくに注意を促した。そこで、待合所の隅にへばりついた。彼女はぼくと顔を突き合わせるのを恐れている。今後はもう、ぼくが彼女を手助けしたくても彼女の妨げになるだけだ。

起こされた女の子は母親のわきをちょこちょこ歩きながら、めそめそ泣いている。あの二人はどこに行くのか？　突然ぼくは、ドラヴェ夫人が不吉な決心をするのを懸念した。たぶんそれは、この女にとって考えられうる唯一の解決策ではないのか？

たぶん彼女は四苦八苦しすぎたのではないのか？　警察に通報したとき、彼女は気が遠くなったはずだ。

アンナの死体を目の前にしたとき、ぼくもこのまま人生がつづけられないような気がした。走っている車から飛び降りるように、人生から飛び降りて死んでしまいたかった。そのため、拳銃のまだ硝煙の出ている銃身を口にくわえたのだ。火薬のにおいにぼくは息が詰まった。咳き込んだおかげで、この世におさらばせずにすんだのだと思う。

二つの人影が冷たい夜のなかを遠ざかっていった。町の中心街へ向かっている。彼女たちから遠く離れたパリの空に、月の暈光《うんこう》が見える。ぼくは彼女たちを少し先行させてからバス停の待合所を出ると、尾行をはじめた。

彼女たちはときどき立ちどまった。ドラヴェ夫人は子供に話しかけるため身をかがめた。それから再びおぼつかない足取りで歩き出した。母親はゆっくりと歩いているが、それでもやはり女の子は無理して大股で歩かなければならなかった。

彼女たちは人気《ひとけ》のない広場を横切った。突然、広場の端に、明るく輝くステンドグラスの教会の塊が見えた。ぼくは、彼女がぼくの忠告に従う気になったのだと思った。彼女は真夜中のミサに来たのだ。警察に嘘をつくかわりに、堅固なアリバイを作っておくことにしたのである。実に巧妙な考えだ。

彼女の跡につづいてぼくが教会に入ると、聖体奉挙の際のベルの音が鳴っていた。教会は人でいっぱいだった。ぼくは扉近くの、多数の黙想する人たちに囲まれて立っていなければならなかった。全員が頭をたれている。ぼくも祈ろうとしてみたが、ぼくには信者たちの人込みに紛れてしまった若い女のことしか念頭になかった。

ぼくにとっては彼女だけが重要だった。いま、彼女は恐るべき勝負をしているのだ。ぼくはますます彼女を助ける必要を感じた。参列者たちが熱心に頭をたれて祈っているのをいいことにして、ぼくは周囲を見まわした。ドラヴェ夫人は中央通路の入口近くにいた。彼女は、司祭が聖体奉挙している祭壇を見つめている。その顔は、恍惚状態にあるようだった。この瞬間、彼女は何を考えているのか？　頭の上にぶらさがった危険を心配しているのか？　それとも、ジェローム・ドラヴェとの恋を思い起こしているのか？　神に何を乞うているのか——肉体の救済か、あるいは魂の救済か？

大オルガンが、止めどなく空気を振動させて鳴り響いた。

つぎの瞬間、列席者のなかに大きなざわめきが起こった――椅子を動かす音、床をこする靴音。それから、聖歌隊員たちの歌声がわきあがった。すでに何人かの信者が教会を立ち去っていたので、ドラヴェ夫人は空いている席を求めて通路を前へと進んでいった。

彼女は説教壇に近い椅子の列に割り込み、ぼくから姿が見えなくなった。

このとき、ぼくはもう帰ろうかと思った。教会のこの世のものとも思われぬ平穏さのなかで、ぼくはこの日の疲労が、疲労より激しく今夜の恐ろしい出来事が、重くのしかかってきた。ホテルの一室で、なるべくなら中庭に面した部屋で休む必要があった。ああ、カーテンを閉め、ベッドに身を投げ出して、無に帰することができたなら！　自由の身になった最初の夜を、ぼくは列車のなかで過ごしたが、環境の急激な変化のせいで一睡もできなかった。コンパートメントの常夜灯がぼくに刑務所の独房のそれを思い起こさせた。ぼくはまだ刑務所にいるのではないのか？　時速百キロで移動する刑務所にいて、ボーメット刑務所の連中同様、意気消沈している人たちと同席しているのではないのか？

大蠟燭の燃えあがる明かりのなかで、真夜中のミサはつづけられた。すべての人々はいま、キリストの誕生を称《たた》える歌をうたっている。ぼくは失神しそうな気がした。そこで、甚だしい疲労感と闘うため、あるときは片足で立ったかと思えば、またあるときは別のほうの片足で立ったりもした。少し眩暈《めまい》がした。

不意に、讃美歌の終わりに、椅子の倒れる音がして、大広間の天井に反響した。それにつづいて子供の泣く声がした。不吉な予感がして、ぼくは説教壇のほうを眺めた。教会のそのあたりで騒ぎが起こっている。それから、この騒ぎのもととなった少人数のグループが、音を立てないようにして中央通路へ出てきた。

ぼくは胸の真ん中にげんこつをくらったような気がした！　二人の男が意識を失ったドラヴェ夫人を出口のほうへ運んでいる。そして、一人の婦人が泣いているリュシエンヌの手を引いている。

この小グループがぼくのところへ来たとき、ぼくは駆け寄った。激しい不安でわれを忘れたぼくは、彼女がここに来る前に服毒したのではないかと思った。

「この女《ひと》に何があったんです?」と、ぼくは二人の男の一方にたずねた。

「気分が悪くなったのさ」

ぼくらは全員、外に出た。ポーチの下で、ぼくはドラヴェ夫人を見た。長いまつげの下の目が奇妙な光を放っているのに気づいた。それは気を失った女の目ではなかった。それどころか、恐ろしいほど注意深い目だった。

「あなた、この女《ひと》をご存じなの?」と、婦人がたずねた。

「ぼくはその……顔を知っているだけです。ぼくたちはおなじ界隈に住んでいて……」

「この女《ひと》を家まで送っていく必要がある」と、二人の男のうちの一人が言った。「きみが彼女を支えるのに手を貸してくれるなら、駐車場にとめてある車を取ってくる」

ぼくといっしょに彼女を支えている男は、五十がらみで、リュシエンヌの世話をしている婦人はこの男の妻だということがすぐにわかった。

「何が起こったのか、わしにはさっぱりわからん」と、彼は言った。「この女性はわしのわきにいた。額に手をやったと思ったら、前につんのめった……重症なんだろうかね？」

青白い顔をし、鼻孔をぎゅっとつぼめたドラヴェ夫人は、見事に役を演じている。

「わたしの心を痛ませるのは、このおちびさんよ」と、言いながら婦人は、鼻をひくつかせ涙をこらえて茫然とあたりを見まわしているリュシエンヌの頬を撫でた。

「教会のなかで、この子は眠っていたの。お母さんが倒れる音で目が醒めて……」

ぼくは、子供がぼくを見覚えているのを恐れた。だが、女の子はレストランでちらっとぼくを見ただけで、特別に注意を払っていない。

車を取りに行った男は黒のプジョー四〇三を運転してくると、石段の下で停めた。そして、後部ドアを開け、偽の病人を支えているぼくらに、ポーチから降りてくるように合図した。一方、偽の病人は頭をぼくのほうに向けながらそっとささやいた。

「来ないで！」

その直後、ぼくたちが車のところに行き着くと、彼女は大きなため息をついて、目を開けた。

「気分がよくなったの？」と、思いやりのある婦人がたずねた。

「わたし、どうしたのかしら？」

「気分が悪くなったのよ。教会のなかがとても暑かったし、それにわたしたち、暖房の吹き出し口の近くにいたものだから……」

「わたしの娘は？」

「ここにいますよ。あなた方を送っていきますからね」

「ありがとう、奥さん」

そのとき婦人の亭主が、プジョーの運転者に向かって小声で言った。

「気分が良くなったようだし、この若者があなたといっしょに行ってくれるので……」

彼は友人たちと会って、これからレヴェイヨンをはじめるにちがいない。

「わかった」とプジョーの運転者は言った。「それでは、良いクリスマスを……」

プジョーの運転者はぼくより年上で、四十がらみにちがいない。背が高く、赤ら顔で、革のコートにウールの襟巻をしている。人のいい、優しい男だ。きっと快楽主義者なのだろう。

ぼくはドラヴェ夫人とリュシエンヌを車の後部座席に乗せた。

「どっちへ行くのです?」と、革のコートの運転者が訊いた。

「広場の端を、左に曲がってください」

車を発進させる前に、彼はドラヴェ夫人をじろじろ眺めた。

「もうよくなったのかい?」

「ええ、ありがとう」と、彼女はぼそぼそ答えた。

車にぼくが同乗していることが、彼女をあわてふためかせた。ぼくは彼女の作戦計画を妨げる恐れがあった。

「ちょっと待って、あなたのほうの窓ガラスを開けるから。冷たい空気が、いまのあなたにはいちばんいい」と、親切な運転者が言葉をつづけた。

ぼくは女の子を抱き締めていた。運転者は大きくカーブを切ると、スピードをあげはじめた。

「医者へ行きたいかい?」

「それにはおよびません。本当にありがとう、ご親切に……」

運転者は肩をすくめると、満足げな口調でつぶやいた。

「とんでもない……」

しゃれた文字の書かれた黒い門を再び見出すと、ぼくは吐き気のようなものを催した。すべては一からやり直しだ。ドラヴェ夫人も絶望的な眩暈《めまい》を覚えているにちがいない。彼女から追い出されたのに、ぼくはどんな権利があって彼女の運命に再び介入したのか？

革のコートの男はドラヴェ夫人が降りるのに手を貸すため、運転席から出て車を一回りした。ヘッドライトの黄色い光のなかを男が通ったとき、彼女はぼくに顔を向けずに言った。

「いなくなって、お願いだから！」

革のコートの男は後部ドアを開けると、大きな手を差しのべた。

「そっと降りて。もう大丈夫かな？　この若者に支えさせましょうか？」

「いいえ。わたしの部屋まであなたがいっしょに来てください」

「もちろんですとも！」

陽気な長身の男は、みだらなウィンクをぼくにしてみせた。突然、ぼくは自分を抑えられなくなった。怒りで身を震わせた。

「わたしがこの女《ひと》を支える。きみ、きみは子供の世話をしてくれ」

ドラヴェ夫人はぼくを熱い眼差しで見つめた。その暗い目のなかには、あらゆるものがあった——絶望、恐怖、それに怒り。

その激しい眼差しに気がつかなかったかのように、ぼくは振る舞った。

決然とした仕草で、ぼくは女の子を腕に抱いた。

ぼくたちは門まで歩いた。

すべてが再びはじまったのだ。

7　三度目の訪問

鐘の音が深夜ミサの終わったことを告げている。しかし、その陽気な鐘の音はぼくには弔鐘のように聞こえた。というのは、ぼくを待っているものが、ぼくにはよくわかっていたからだ。ぼくには再び死者を見ることがわかっていたし、まるで初めて死者を見るように振る舞わなければならないこともわかっていた。いったいどんな意地悪な悪魔が、危険きわまりない芝居をぼくに演じさせるため、この呪われた場所に戻るようにしむけたのか？

さっきまでぼくにはただ一つの考えしかなかった——このあまり感心できない人物を厄介払いして、ドラヴェ夫人に自由に活動させる。そしていま、ぼくはあらゆる危険をかえりみず、ドラヴェ夫人の懇願も無視して、彼女の家に来てしまっている。ぼくは理性に逆らっている。何か口実をでっちあげて、ここを立ち去る時間はまだある。だが、ぼくは中庭を横切りつづけていた。

「あなたのご主人は、仮綴じ工ですか？」

「ええ」

「わたしは壁紙屋です。どちらも似たような仕事ですな、そう思いませんか？」

ぼくたちは建物の前に着いた。

二番目のドア。ぼくは迷路のなかを進みつづけた。

「真っ暗ですね」と、革のコートの男が言った。

「電球が切れたのです」

「わたしはライターを持っている、動かないで、ちょっと待ってください。そこに階段がありますね」

「階段は無用です。荷物用エレベーターがありますから」

彼女はエレベーターの扉を開け、ぼくらはボックスのなかに入った。扉は独特な音を立てて閉まった。

革のコートの男はためらいがちな声音でたずねた。

「あなたの家にはだれかいるんですか？」

この質問はありきたりのものだったが、ぼくにはショックだった。

この男の澄んだ、くったくのない声音を、ぼくはうらやんだ。彼にはいかなる不安も、いかなる予感もない。ざっくばらんで、気後れしない人物なのだ。彼は仕事を、快楽を、自分の隣人を愛しているにちがいない。

暗がりにいることが悔やまれた。明るいところだったらドラヴェ夫人を観察することができただろうに。彼女には最後までゲームをつづける力があるのだろうか？

彼女はおどおどすることなく、ドアを開けた。いちばん先に中に入り、玄関のスイッチを押したのは、彼女である。

彼女はぼくの目を避けていた。たしかに彼女は少し青白い顔色だが、しかし眩暈《めまい》に襲われて失神したふりをつづけているのは、革のコートの男のためなのか？

「どうぞ客間にお入りになってください」彼女の声はいくぶん低くこもっていたが、少しも震えてはいなかった。

　ぼくはリュシエンヌの手を握り締めた。ぼくらを待ちかまえている忌まわしい光景を、子供には見せたくなかった。ドラヴェ夫人は客間の灯りをつけると、ぼくらのためにわきにどいた。ぼくは首をすくめるようにして、革のコートの男が恐怖の叫び声をあげるのを待った。

「おお、なんてきれいなツリーだ」と、男は敷居をまたぎながらつぶやいた。

　そのときぼくは、できるだけ早く見るため彼を押しのけた。

　部屋のなかには死体がなかった。

「お座りになって、お二人とも」

　彼女の表情はうかがい知れなかったが、それでもぼくには、ごくかすかな笑みが浮かんだように思えた。

　彼女は夫の死体をどうしたのか？　死体を動かしたのは、彼女の命取りになりかねない。そのようなばかげた行為を犯した彼女を、ぼくは恨んだ。

　ぼくはまわりに悲劇的事件の痕跡をさがした。何もなかった。彼女は革のソファの上もきれいに片づけていた。

そこで、玄関のコート掛けにまだドラヴェ氏のオーバーが掛かっているかどうか見るため、ぼくは振り返った。だが、もうなかった。彼女が計画を変えたのは明らかだ。いったい彼女は死体をどこへ引きずっていったのか？　しかし、もし彼女が死体を消してしまうつもりなら、どうして深夜ミサで気絶してみせるようなまねをしたのか？

彼女と自由自在に話を交わすことができるなら、ぼくは十年をさしだすこともいとわなかっただろう。

「本当にありがとう、ご親切に……」

「なんでもありませんよ」と、革のコートの男は、クリスマス・イヴの真夜中に善行を施すことができたことに満足して、言った。

彼は教会に出かけるときは、信者になるにちがいない。そして、こうした献身は永遠の幸福が約束されるにちがいないと、思い込んでいるのだろう。

「わたしがこの娘《こ》を寝かしつけている間、どうぞ何かをお飲みになってください」

「手を貸しましょうか？」と、ぼくは彼女と二人きりで話せるチャンスかもしれないと思い、いそいで申し出た。

「いや、けっこうよ、あなた」

その声はいんぎんだったが、目は氷のように冷たかった。

「二人ともお座りになって！」

男は革のコートのボタンをはずすと、ソファの上にどっかと腰をおろした。ぼくは体じゅうに戦慄が走るのを覚えた。

「何をお飲みになる？」

彼女はさきほどぼくたち二人が飲んだグラスを洗って、移動式バーの鉄製の小さな籠のなかに戻してある。

「なんでもけっこうですが、できたら辛口で強い酒がいいですね」と、革のコートの男は言った。

「コニャックでは？」

「けっこうですとも」

「では、あなたは？」

ぼくは心をこめてじっと彼女を見つめた。彼女の腰に手をまわし、ぐっと引きよせて、こう叱責してやりたかった。

「ばかな芝居はよせ、ぼくがあなたを助けてあげる。ぼくたち二人で解決しよう」

だが、ぼくはただこう言っただけだ。

「ぼくにもコニャックを」

彼女は自分でぼくと革のコートの男のグラスにコニャックを注いでくれた。ぼくが小さな肘掛け椅子に座ると、彼女は眠っている女の子を寝室のほうへ抱きかかえていった。

革のコートの男はコニャックの香りをかいだ。ついで、アルコールの品質を評価できることを誇示するため、いかにも満足げな表情をしてみせた。

「わたしはフェリーといいます」突然、礼儀への気遣いから、彼は単刀直入に言った。「フェリー（Ferrie）といっても最後に《y》がつかず、わたしのは《ie》で終わる。ポール・フェリーです」

「アルベール・エルバンです」

彼はぼくに、グラスを持っていないほうの手を差し出した。彼と握手するのは、ぼくには滑稽なように思われた。

「魅力的な女《ひと》だね？」

顎を振って、彼はドアを示した。

「そうです、魅力的な女《ひと》です」

「わたしの察するところ、彼女は毎日を愉快に過ごしていないはずだ」

「なぜ？」

「いいか、このような夜に亭主が彼女を一人きりにしておくからさ……」

「旅行中なのかもしれないでしょう？」

「そうかもしれない。だが、なぜかわからんが、彼女はわたしに悲しげな顔をする、きみにじゃなく、わたしにだ」

この男はぼくとは正反対の人間だ。とはいえ、ドラヴェ夫人にたいしてはおなじ感情を抱いている。そのことにぼくは心をかき乱された。狼狽さえした。

「そうかもしれませんね。」

「彼女は妊娠しているんじゃないのか？」

「なんてばかなことを！」

「いいか、あの気絶のしかただ！」

「そんなことは彼女に訊きづらい」と、ぼくはぶつぶつ言った。

フェリーは肩をすくめ、それからグラスの酒を飲んだ。

「わたしの妻はいま病院にいる。生後二日目の、大きな男の子の赤ちゃんとね。もう少し経てば、かわいい坊やになる！　授かるまで時間がかかってね。あきらめていたら、こうなったわけさ……。今年のクリスマスを妻といっしょに過ごせないのは、赤ん坊が生まれたからなんだよ。来年は妻にこの埋め合わせをする。わたしの妻はとても信心深いんだ。わたしに深夜ミサに行ってとしつこく頼むんだ、彼女のかわりに。わたしは、宗教は苦手なんだ。だけど、子供が生まれたんで……」

幸せなあらゆる男のように、どうしてもおしゃべりせずにはいられなかった。アルコールが打ち明け話に拍車をかけている。ぼくがうわのそらで聞いているのに気づいていない。

「きみは結婚しているの？」

「いいえ」

「きみはこう考えているはずだ――わたしが関係ないことに余計なお世話を焼いていると。しかしだな、男同士の間だったら、余計なお世話も許されるというのか？　女にたいしては、そういうことは変だと思うのか？　だが、いいか、女たちは男に精神的な安定を与えてくれるんだ。精神的な安定と子供を……」

ぼくはうんともすんとも言わなかった。ぼくの大きく見開いた目は、クリスマス・ツリーを凝視していた。一本の枝の先端に、ビロードの小鳥の入った銀色の鳥籠がぶらさがっている。

鳥籠をぶらさげたのはその枝であったかどうか、ぼくは思い出そうとした。しかし、それを明確にすることはできなかった。ぼくは正常なのか？　刑務所に監禁されている間に、頭がどうかしてしまったのではないのか？

「えっ、きみは何を見ているんだ、エルバン君？」

ぼくは夢想から醒めた。ぼくのまわりではすべてがゆっくりと、だが抗いがたくぐらぐら揺れている。

ぼくは納得のいく説明を見つけようとした。

宵のうちに自宅に帰ると、ドラヴェ氏は最悪の事態を決断する前に、部屋のなかをぐるぐる歩きまわったにちがいない。ぼくは動きまわっているドラヴェ氏を思い描いてみる。ときどき、彼が嫌っている女の子のために作ってやったクリスマス・ツリーの前で立ちどまる。そして、いきりたった仕草で、木の枝にぶらさがっていた飾りをいくつかむしり取って、暖炉のなかか、家具の下へ投げ入れる。

死体を移動したあとで、彼の妻は客間に戻り片づけをする。彼女が鳥籠を見つけたのはそのときで、再び木の枝にぶらさげる。

「とてもきれいだね、この飾りつけられたクリスマス・ツリーは」

「ええ、とてもきれいです」と、ぼくは言った。

ドラヴェ夫人はにこやかな顔で戻ってきた。

「子供はあっという間に眠り込んでしまいました。あなた方、もう少しコニャックをいかがです？」

「それじゃ、ほんの少しいただきましょうか、今日はクリスマスだから」と、フェリーは軽口をたたいた。

「わたし、あなたのミサをだめにしてしまったわね?」

「いや、エルバン君にも言ったのですが……」

彼女がこんな風にしてぼくの姓を知ったのは、おかしくはないのか? 彼女はちらっとぼくを見たが、その眼差しはこれまでよりもいくぶん陰険ではなかった。

「エルバン君に言ったのですが、宗教は苦手なのです。しかしながら、子供が産まれたばかりなので……」

「それはよかったですね」

ひどく異常なのは、ドラヴェ夫人が子供の問題に大いに心を動かされているように見えたことだ。

「四キログラムでした……もう少しでね。まさに男の赤ちゃんだ、そうでしょうが?」

「お名前は、その男の子の?」

「ジャン=フィリップ」

「すてきな名前だわ」

「あなたも一杯やらなければいけない」突然、ごく率直な、少々いかれているフェリーが勧めた。

「そうです」と、ぼくも主張した。「たとえばチェリー・ブランデーなどを……」

有無を言わさず、ぼくは彼女のグラスにチェリー・ブランデーをなみなみと注いだ。

彼女はそれを一気に飲んだ。

「あなた、医者に診《み》てもらわなくていいんですか？」

「その必要はありませんわ、ただ気分が悪くなっただけですから。とても暑かったので……」

「それなら、それでけっこう！」

彼女は小さな叫び声をあげた。フェリーとぼくはびくっとなった。

「ああ、どうしよう！」と、ドラヴェ夫人はため息をついた。

「どうしたんです？」

「教会にハンドバッグを忘れてきてしまったわ！」

フェリーは人間の善意を尊重しすぎているので、若い人妻の悲嘆にいたく同情した。

「中にたくさんお金が入ってたんですか？」と、彼は激しい口調で訊いた。

「三万フランと、それに身分証明書が……」

「えっ、なんてことだ！　すぐに教会に戻ろう。もしハンドバッグが取り返せなかったら、大変だ。映画館に忘れたら盗まれてしまうことがあるかもしれんが、まあ教会だから」

すでに彼は立ちあがっていた。グラスの酒を飲み干すと、革のコートのボタンをかけた。

つづいてぼくも立ちあがった。ドラヴェ夫人が結局何を企んでいるのか、ぼくには皆目見当もつかなかった。

なぜならぼくは、彼女が家を出たときハンドバッグを持っていなかったのを知っていたからだ。

8 四度目の訪問

「あなた、門に鍵をかけなくていいんですか？」

「そんなことしたって、何の役にも立たないわ！」

革のコートの男はくどくど言わなかった。ぼくたちはプジョー四〇三のところに戻った。ぼくはドラヴェ夫人のためにドアを開けてやった。革のコートの男はすでにハンドルを握っている。ぼくはわずかな時間を利用して、息をひそめてささやいた。

「死体をどうしたんです？」

「かまわないで。あなたはわたしを破滅させるつもり？　家に帰って。あした会いに行くから」

プジョーの運転者が驚いて訊いた。

「気分がよくないんですか、あなた?」

返事のかわりに、彼女は運転席のわきに座った。まるでいまの問いが聞こえなかったかのような態度だった。

車は発進した。計器盤の時計は午前一時を過ぎたところだった。ぼくは精根尽き果てていた。ぼくのほうこそ、失神しそうな気がした。本当にそうなるかもしれない。三百メートルほど先で、ぼくは運転者の肩をたたいた。

「車を停めてほしい。ぼくはここに住んでいるんです。ぼくがいっしょについていっても仕方がないでしょう?」

彼は大急ぎでブレーキをかけた。

「そのとおりだ、きみは来るにはおよばない」

彼は女と二人きりになれることがうれしかった。うきうきした気分になった。今日まで妊娠した妻をかいがいしく世話を焼いてきたからで、息抜きがほしかったのである。

「ご機嫌よう、奥さん」

彼女は座席の背ごしにぼくに手を差し出した。

「ありがとう、ご親切にどうも」

フェリーはぼくの手をつぶれるほど強く握った。

「さようなら」

車を降りながら、ぼくは胸が締めつけられるような思いがした。

二つの赤いテールランプが見えなくなるまで、ぼくは歩道の端に突っ立っていた。

この界隈は、レヴェイヨンの祝宴が終わったあとの茫然自失状態に陥っていた。切り立った黒っぽい建物の窓々はことごとく灯りが消えていた。ぼくはかつてないほど自分が独りぼっちなのを感じた。アンナの死体を前にしたときよりも、独りぼっちだった。重罪裁判所の被告席に、あるいは独房のなかにいたときよりも、独りぼっちだった。ぼくにはドラヴェ夫人の振る舞いが皆目わからなかった。なぜ彼女は夫の死体を隠したのか？　なぜ失神したふりをしたのか？　なぜ教会にハンドバッグを忘れたという口実をつくったのか？　なぜこうした嘘をつぎからつぎへとつく必要があったのか？

それ以上に、袖口についた赤い星形の小さな二つの染みが、ぼくの頭から離れなかった。突然ぼくは、彼女が夫を殺した、そして共犯者がいて彼女に手を貸したのではないかと思った……それはばかげている、突拍子もない考えだ。しかし、いまのぼくはなんでも思いつき、なんでも信じようとしている。

ぼくのアパートの陰気な玄関が、数メートル先に、ぼくの良心を呵責《かしやく》するかのように立っている。そこはぼくの少年時代のすべてであり、その外装がはげ落ちた壁のなかではママがぼくの帰りを待っていたのである。ぼくはすべてを台なしにした、すべてを駄目にしてしまった——ぼくの思い出も、その思い出をつくってくれた人たちも。

ぼくはオーバーのボタンをできるだけ上までかけた。ポケットに両手を突っ込むと、ドラヴェ家まで人目をさけながら戻った。

ぼくはもうドラヴェ夫人に関する謎に我慢できなくなっていたのだ。彼女の正直な説明が必要だった。彼女の口を割らせるために、もし必要があれば脅してもかまわないと思った。

ぼくは彼女が門に鍵をかけなかったことを憶えていた。ぼくは工場の中庭に入り込んだ。

　大きな窓ガラスに影のようなものがゆらゆら揺れていた。その細長い曇りガラスのなかで、夢幻的な世界がうごめいている。ぼくはそれをしばらく見つめていたが、やがてそれが空にただよう十二月の雨をもたらす雲の影だということがわかった。

　工場の建物を注意深く調べながら、ぼくは十五分近く待った。ぼくは紙の強烈な、混じり気のないにおいが好きだった。砦《とりで》のような大量の紙の山に、ぼくは胸をうたれた。

　ドラヴェ夫人はなかなか戻って来なかった。ますます寒くなったので、ぼくは一台のトラックの運転席のなかに隠れた。二台のトラックは門のほうを向いていたので、ぼくはフロント・ガラスごしに人の出入りを見張ることができた。

　彼女はフェリーといっしょに何をしているのか？　二人は教会へ行った。彼女はハンドバッグをさがすふりをする。おそらく司祭館のほうまで行ってみるかもしれない。しかしそのあとは？　この見せかけの探索には十五分もかからないだろう。それなのに、二人が行ってから三十分以上が経《た》っている。

疲労がぼくの体を、さきほど教会にいたときよりも強く麻痺させていた。ぼくはオーバーの襟を立て、隣の助手席の椅子に両足を伸ばしてくつろいだ。すぐにうとうとまどろんだ。

それは眠りではなく、一種の夢遊状態で、睡眠同様筋肉や神経の極度の緊張をほぐしてくれる。意識はあったが、しかしぼくを取り囲んでいる事態はもはや現実味を帯びていなかった。ぼくは寒さに無感覚になり、状況に無関心になった。ぼくの好奇心は薄らぎ、ドラヴェ夫人はもうぼくがずっと以前に殺した愛人の思い出にしかすぎなくなっていた。

門の前でエンジンの唸る音。突然エンジンが停まり、二つのドアがばたんと閉まる音。素早くぼくは目醒めた。たったいましがた取った休息のおかげで、意識がはっきりし、頭が明敏になった。

ぼくはトラックから降りようとしたが、時すでに遅しだ——門が開きはじめていたのである。

さっと日よけ《サンバイザー》をおろすと、ぼくは椅子の背もたれにぴたりと体を押しつけた。夜だから、ぼくを見ることはできないはずだ。

ドラヴェ夫人がフェリーに付き添われて入ってきた。革のコートの男は親しげに彼女の腕を取っている。彼女はちょっと門によりかかったままでいた。

「ありがとう」と、彼女は低声《こごえ》で言った。「本当にありがとう」

革のコートの男は彼女の腕を放すと、勝ち誇った仕草で女の襟もとを愛撫した。ぼくはもう少しで運転席から飛び出して、男をぶん殴るところだった。それは、いつかぼくを捉えた発作に似た、鋭い嫉妬の発作だった。裏切りの対象を打ち砕きたい要求。ぼくはかっと血がのぼった。それから急に、怒りが消え失せた——彼女が革のコートの男の手首をつかんで、手を引っ込めさせたからだ。

「なんと言っても今夜はレヴェイヨンなんですからね」と、フェリーが言った。

ぼくは隠れ場所で身動きすると、手を顔に近づけて腕時計を見た。びくっとした。午前五時十分だった。そうすると、彼らが発《た》ってから四時間以上も経過していたことになる。

ぼくは一瞬不審の念を抱いた。腕時計を耳もとにもっていき、時計が動いているのかどうかたしかめた。その穏やかなチクタクという音は、ぼくの馴れ親しんだものだった。前の日、刑務所の保管所で腕時計を返されたとき、ぼくがまずしたことはネジを巻き、時間を合わせることだった。時計の針は再び従順に動きはじめてくれた。

「いいですか、ドラヴェ夫人、わたしにとっては、今夜のレヴェイヨンは特別なものなんでして……」

「わたしにとってもそうよ」

「本当ですか?」

間抜けめ! 彼はうわずった声を出した。きっと死んだ魚のような血走った目を彼女に注いでいるにちがいない。

「あなたはとてもすばらしい女《ひと》だ」

「そう言われなくなってから久しいわ」

彼女はこの男にも、齟齬《そご》している夫婦生活を語ったはずだ。リュシエンヌが産まれたときの話さえ聞かせているかもしれない。

「最後の一杯を飲みに来ません?」

　彼はこの申し出を予期していなかったので、すぐには答えられなかった。ぼくは、彼がドラヴェ夫人と二人きりになるや熱心に言い寄ったことを確信している。彼女はおとなしく、しかし一定の距離を置いてその口説きを聞いていたはずだ。それから彼が彼女をものにする見込みのなくなったいまになって、突然彼女のほうから……。

「その申し出を受けてもかまわないんですか?」

「もちろんですわ。なんといってもクリスマスですからね!」

　彼らは中庭を横切った。ぼくのすぐそばを通った。ドラヴェ夫人は廊下のドアを開いた。つづいて荷物用エレベーターの鉄柵の扉を開閉するひっかくような音。一呼吸おいてから、ぼくはトラックから降りた。

　立ち去ることはせず、ぼくは建物のなかに入った。手さぐりで、階段のところまで行き、用心深い足取りで階段をのぼりはじめたが、一段ごとに立ちどまっては耳を澄ませた。

　ぼくは彼らの話し声を聞いたが、何を言っているかはわからなかった。彼らの声は鈍い持続音だった。ついで、不意に呼びかける声。

「ジェローム！」と、ドラヴェ夫人が叫んだ。「あなたなの、ジェローム？」

ぼくは気がすっかり動転した。この女は気が変になったのか？　どうして彼女は夫を呼びはじめたのか、夫が死んでいるのを知っているのに？

ぼくは壁にへばりついた、心臓がいまにも飛び出しそうだった。

「ジェローム？」

突然、大きな叫び声。恐怖の叫び声、狂気じみた叫び声。

フェリーの低くこもった声が、口ごもりながら言う。

「奥さん……まさか、奥さん……奥さん……」

つづいて何一つ物音がしなくなる。水を打ったような静寂。階段の暗がりのせいでいっそう深まる静寂。すでに死の外観を呈しているような静寂。

ぼくは身動きしなかった。息を凝らすようにしていた。そんなふうにして時間がどのくらい過ぎたか、ぼくにはわからなかった。姿を消したほうがよかったんだろうが、わけのわかない力がぼくをその場に引きとめていた。ぼくは知りたかった。明らかに、彼らはジェローム・ドラヴェの死体を見つけたのだ。しかし、ドラヴェ夫人は死体をどこに隠しておいたのか？　なぜ彼女は死体を移動させたのか？　なぜ彼女は死体の発見の時間を遅らせたのか？　なぜ？　なぜ？　悪夢は耐えがたいものとなった……。

ぼくの頭上で、ドアが開いた。黄色い長方形の光が、荷物用エレベーターの鉄柵の扉に当たっている。その光のスクリーンの上に女のすらりとした影が浮かびあがっている。

二つの影がゆれる。つまり、革のコートの男が、逃げようとした彼女を引きとめようとしたのである。

「どうかここにいて。警察はすぐにやってくる。静かにして、奥さん。お願いだから……恐ろしいことなのは、よくわかっている。だが、落ち着いていなければだめだ……さあ、こっちに来て……来て……」

そう言いながら彼は、部屋のなかに彼女を引っぱっていった。ドアは開け放したままである。

ぼくは長方形の光をじっと見つめていた。ドラヴェ夫人の嗚咽《おえつ》が聞こえてきた。

大急ぎで逃げ出さなければならない、とぼくは悟った。この場にいるのを警察に見つかったら、最悪の事態を招く恐れがある。

爪先立ちで、石の階段を降りはじめた。しかし、階段の下まで来たとき、パトカーのかん高いサイレンが、突然間近で鳴り響いた。ぼくは失神するのではないかと思った。

サイレンがやんだ。門が軽く軋んだ。

ぼくは簗《やな》のなかに入ってしまったようだった。逮捕を遅らせるには、再び階段をあがっていくしか手段がなかった。

そういったわけで、足音をかき消そうともせずに階段をあがっていった。屋根から出られるかもしれない。エレベーターに天窓から明かりが入っていたのを覚えていた。

ぼくは明るく照らされた踊り場に着いた。フェリーとドラヴェ夫人がドアの前にいないことをたしかめるため、そちらにちらっと目をやった。ドアの前に彼らはいなかった。しかし、ぼくは別のものを見た。その別のものを見たとき、一瞬頭がおかしくなったのではないかと思った——開け放されたままの両開きのドア。その戸口から、ぼくはジェローム・ドラヴェの死体をはっきりと見た。元の姿勢のままソファに斜めに横たわっている。

だが、ぼくはすでに踊り場を通り過ぎていた。ぼくはいま見た光景を疑いはじめていた。幻覚だと決めつけはじめていた。

狭い木の階段が屋根裏部屋へとつづいている。ぼくはできるだけ早く階段をあがった。早くも警官たちの足音が、階下《した》で鳴り響いている。ぼくはその場に立ちすくんだ。息ができなかった。ものすごい万力で胸を締めつけられているようだった。階下では、叫び声やら、ひそひそ声……。

ぼくの状況は耐えがたいものだった。もし警官たちが階段に踏み込んできたら、ぼくは発見される。となれば、ただ単に詮索好きな証人としてこの場にいたにすぎないと言い張っても、彼らは決してその言葉を信じようとはしないだろう。この狭い階段はもうこれ以上は上にいけなかった。どうしたらいいのか?

用心に用心を重ねて、ぼくは壁にそっと手を滑らせてみた。ぼくの手は見えない人の目とおなじように、新たな触覚を得ていたのである。

ドアのざらざらした表面を感じた。取っ手を見つけて、ゆっくりと、ごくゆっくりとまわした。取っ手のラッチがうまく外れてくれることを祈った。

ドアが軋むような音をかすかに立てて動いた。このかすかな音も、ぼくには砲声のように思えた。数秒間、身じろぎ一つしないでいた。勇気を奮い起こし、この上もなく慎重にドアを押し開けた。希望が生まれた。階下《した》の死体のことも、ドラヴェ夫人の茶番や警察のことも忘れ、ぼくはただ自分が助かることしか考えなかった。どこの屋根裏部屋にも天窓がついていることを、ぼくは承知していた。

ここの屋根裏部屋にも天窓があれば、ぼくは助かるだろう。しかし、前に進むほど、暗闇が濃くなる。ぼくは暗闇のなかにまっすぐ沈んでいくような気がした。沼地の黒い泥土のなかに呑み込まれていくような案配だった。

屋根裏部屋に入ったぼくは、ドアを閉めることにした。開けたとき以上に注意深く閉めた。

ドアをしっかりと閉め終わり、取っ手のラッチを戻した。警察とぼくとの間に、すばらしい防御物ができあがったように思われた。

再びしばらく身動きしないでいた。切れ切れに、震えながら。

ぼくの階下《した》では、人の行き来と、聞きとりにくい言葉と、電話のベルの音とでごった返している。

警官たちは救急車に通報したにちがいない、検事局にも連絡したはずだ。これから家宅捜索がはじまるのか？

別の恐怖、もっと陰険な別の恐怖が、いまではぼくを責めさいなんでいた。ぼくは、ドラヴェ夫人に共犯者がいたことを知っている。彼女が家にいない間に、死体を客間に連れ戻したのはその共犯者なんだ。

ところで、このぞっとする死体の移動を行なった男、あるいは女は、まだこの家のどこかにいるのだろう、ぼくの知らない出口が家のどこかにないかぎりは。ぼくがトラックのなかでうとうとしている間に、逃げ出していないかぎりは。

ドラヴェ夫人が出かけるときに門に鍵をかけなかったのは、この共犯者のためではなかったのか？

もし共犯者が家のなかにいるとすれば、おそらくこの屋根裏部屋ではないだろうか？　ぼくは共犯者が、ぼくのそばの暗がりに身を潜め、いまにもぼくの喉をかき切ろうとしている姿を想像した。人の呼吸するかすかな音を聞いたと思った。ぼくは自分を抑えようとして、ぼく自身の呼吸の音だとつぶやいてみた。しかし、恐怖はつのる一方だった。

何度もぼくはドアを開け、警官たちのほうへ降りていきたくなった。そのたびにその衝動をくいとめたのは、警官たち相手に四苦八苦しているドラヴェ夫人のことを考えたからだ。彼女は何度もぼくにいなくなるように頼んだ。ぼくはその訴えを無視した。ぼくはわが物顔に振る舞い、頑なに彼女を追いまわした。ここでぼくが姿を現したら、ぼくにとっても彼女にとっても身の破滅だろう。

「だれかいるのか?」と、ぼくはささやいた。

返事がなかった。声を出したことで、理性を取り戻すことができた。気持ちが落ち着いた。

ドラヴェ夫人に共犯者がいたとしたら、その共犯者は犯行現場に警察がやってくるまでとどまっているような愚かなまねはしないだろう。

階段がひどく騒々しくなった。

「やっぱりな」と、ぼくは考えた。「警官たちは家と工場の家宅捜索をはじめたのだ」

ぼくは不安でどうしようもなくなって待った――ドアが荒々しく押し開けられ、懐中電灯の光がぼくの顔にもろに当てられる瞬間を。

しかし、その瞬間はなかなか来なかった。ときどき、人の行き来がやんだ。ぼくが希望をもちはじめると、行き来が再びはじまった。

ぼくは希望の瞬間を、安心感の瞬間さえ経験した。だが、別の瞬間には、恐怖と惨めさとで叫びたかった。

ぼくは階段に近すぎるところにいると思ったので、静かに後ろにさがった。ぼくの肘がドアの縁枠にぶつかった。いままでより広い空間に達したのを感じた。ぼくは天窓をさがした。だが、なかった。手を伸ばして屋根に触ろうとしたが、あるのは虚空だけだった。

再び移動しようとしたとき、何かにつまずいた。揺り籠にちがいない（たぶんリュシエンヌが赤ん坊のときに使用したものだろう）。それというのも、揺り籠を押すのに使う棒状の物を感じたからだ。押すとかたかたいう音を立てながら動く。

つまずいたときに立てた物音で、激しい不安がよみがえった。階下の者たちは、物音に気づいただろうか？

もう一歩たりとも身動きしてはならなかった。さもないと、どこの屋根裏部屋にも置かれているがらくたをひっくり返してしまう恐れがあった。細心の注意をして、ぼくは床の上に横になった。古い絨毯の縁飾りに出くわした。その上にぼくは頬をのせた。

危険を直視しようとしないのは、ときには良いこともある。目を閉じ、じっと動かないでいるぼくは、自分が不死身のような気がした。たとえだれかがここまであがってきて、懐中電灯でこの屋根裏部屋を調べたとしても、ぼくを見つけることはできないだろう。

また希望をもちはじめた。死体が動かされたとしても、ドラヴェ氏の自殺はたぶん確かだろうし、司法当局も通常の手続を取るだけだろう。

ぼくは救急車のサイレンと、車のドアのバタンという音と、人を呼ぶ声を聞いた……。

階下では、人が歩きつづけ、話しつづけている。電話の金属的な音がしごく頻繁に鳴り響く。つづいてガチャンと電話を切る音。もっとあとでは、叫び声、涙……。そのときぼくは、ドラヴェ氏の親族に連絡がいき、こうやって嘆き悲しんでいるのは親族にちがいないと思った。

ぼくは腕時計を見た。夜光文字盤が、ごく小さな青白い光の染みを作っている。真っ暗闇のなかでは、数字が異常なほどくっきりと浮かびあがっている。時計のケースは見えなかったが、数字と鋭利な二本の針はよく見えた。

六時……六時二十分……七時十五分前……。

死体が発見されてから、一時間半経過したことになる。ということは家宅捜索は行なわれないのだろう。もし警察が疑念を抱いたなら、即刻、家宅捜索をはじめているはずだ。

ぼくは助かったのか?

そのことをあまり信じたくなかった。ぼくにはまだ越えるべき多くの障害があった。とにかくこの屋根裏部屋を出て、階段を降りて、中庭を横切らなければならない。もしドラヴェ夫人が一人きりでなかったら、この家にいたことをどうやって説明したらいいのか？　もし彼女がこの家を出てしまったら、鍵のかけられたいくつかのドアを、どうやって通り抜けたらいいのか？

9　奇跡

ぼくは七時の鐘の音を聞いた。周辺の鐘楼はこれまでにも半時間ごとに鐘を鳴らしていたのだが、ぼくが注意を払わなかっただけである。家のなかはまさに咳《しわぶき》一つしない静寂だった。外部の物音だけがぼくのところへ達した。車もクリスマスの朝になって再び走りはじめた。運送用の大型トラックが道路を震わせて走っていく。数台のモーターバイクが、あたりの通りを爆音を響かせながら走りまわる。

ぼくはまだ待たなければならないのか？　ぼくの意志を無感覚にさせる嗜眠《しみん》状態のなかを、ぼくは漂っていた。

いつまでもぐずぐずしていると、知らせを聞いて駆けつけてくる大勢の親戚や知り合いたちと出くわしてしまう。いまこの動きのない瞬間を利用すれば、道は開けるだろう。

ぼくが立ちあがろうとしたとき、屋根裏部屋へ通じる木の階段に、足音が響きわたった。その決然とした、早い足取りはぼくの肝を冷やした。だれかがあがってくる、今度は間違いない。このだれかはためらわなかった。ここへまっすぐに来た。ドアが開けられた。足がちょっと立ちどまる。それから、ゆっくりと近づく。やがて、それがぼくの顔のごく近くに来たのを感じた。

スイッチを入れる軽い物音。一瞬太陽を凝視したとき、その強烈な光に目がくらむことがあるが、この予期せぬ、不意の光にぼくの目はくらんだ。

奇跡による神の顕現にも似た、燦然《さんぜん》たる光の輝きの真ん中に、ドラヴェ夫人が立っていた。ぼくの目は再び見出した光に素早く馴れた。彼女は一人きりだった。ぎゅっと握り締めた両手を胸に押し当てて、ぼくを恐ろしげにじっと見つめている。まるでぼくが激しい嫌悪の対象であるかのように。

きっと間違いなく、ぼくは彼女に、彼女の人生最大の恐怖を与えたにちがいない。

見つめ合いは束の間だった。ほとんど即座に、ぼくの注意はまわりの装飾に惹きつけられた。ぼくは叫んだと思う。心の底からほとばしり出た叫び。神の啓示に驚愕させられた男の叫び。

「あなた、ここで何をしているの？」と、彼女はしゃがれ声で訊いた。

答えるかわりに、ぼくは理解しようとした。この驚くべき出来事を理解したかった。ぼくは屋根裏部屋にいるのではなく、ドラヴェ氏の客間にいたのである。ソファ、肘掛け椅子、低いテーブルの上にはレコード・プレーヤーがあった。フェリーのグラスとぼくのグラスが置かれた移動式バーがあった。ぼくが暗がりのなかでぶつかり、古い揺り籠だと思ったのは移動式バーであったことを、ぼくは突然悟った。クリスマス・ツリーと、糸ガラスによって作られた夢幻的な飾り物もあった。一本の枝の端に、銀色の鳥籠とそのなかの青と黄色の小鳥が、赤ん坊のがらがらのように吊りさがっている。

客間のドアはガラス戸である。コート掛けのあった玄関には、オーバーなど一着もかかっていなかった。

「さあ、答えて。ここで何をしていたの？」

彼女の声は辛辣なだけではなかった、何よりも絶望的だった。

ぼくは両手で頭を抱え込んだ。劇場で俳優が、茫然自失の態《てい》を誇張して表現するときのように。

「ぼくには何がなんだかさっぱりわからない……」

「あなたはどうしてここで夜を過ごしたのかわからないの？」

「ちょっと待って」

ぼくは考えを夜のことに戻してみた。

階段をあがって、ドラヴェ夫婦の部屋の前を通った。開いたドアから、客間を見ることができた。ちらりとだが、部屋全体を視野にとらえた。死体がソファに横たわっていて……。

ぼくはクリスマス・ツリーを、レコード・プレーヤーを、移動式バーを見た……。

「ちょっと待って」と、ぼくは再び言った。

疲れ切ったこの女には、少々くつろぐ必要が生じた。彼女は二歩前に出ると、肘掛け椅子にくずれるように座った。

「あなたが何もわからないということを、わたしに信じさせようというの？」と、彼女は目を閉じながらため息まじりに言った。

ぼくは客間から走り出ると、玄関の外に立った。霊媒者のような手つきで、廊下に並んでいるドアをつぎつぎと開けていった。どのドアも家具一つない、からっぽの部屋に面していた。漆喰の塗られた壁にはまだペンキも塗られていない。

それからぼくは彼女のところへ戻った。彼女は目の下に大きな隈《くま》ができていた。頬はこけている。

「わたしは疲れたわ」と、彼女はつぶやいた。「あまりに疲れたので、いまはもう死んでしまいそうよ」

ぼくは彼女と向かい合ってソファに座った。本能的に、ぼくは彼女同様くつろいだ姿勢を取った。ぼくたちはどちらも疲れ切っていた。

「階上《うえ》と階下《した》とにまったくおなじ造りのアパルトマンがあったんですね？」

「わたしの義父は、アルジェリアで軍人をしているもう一人の息子のために、二階と三階とにまったくおなじ構造のアパルトマンを造らせたの」

ぼくは理解した。いや、それは正確ではない。微妙な違いがある——ぼくはすべてを理解しようとしていることを、いまや謎のいくつかの要素を知ったことを、悟ったのである。

「あなたの客間とまったくおなじ家具を、この客間にも備えたのですね？」

「それほど難しいことではなかったわ」

「そうですね、あなたは映画のセット・デザイナー志望だったんですから……」

「玄関と客間を白く塗るのに、すでにあるのと同じソファ、肘掛け椅子、移動式バー、レコード・プレーヤーを買うのに、美術学校を出る必要なんかありません」

「ドラヴェ氏を殺したのは、あなたですね？」

「よくご存じのくせに」

女の洞察力。ぼくがどこまで真相を知ったのか、ぼく自身より先に見抜いている。

「ビヤホールでぼくを釣ったのは、あなたには証人が必要だったからですね」

彼女は再び目を開いた。その瞳は限りない悲しみに満ちていた。

「釣ったですって……」

「というかつまり、《そそのかした》と言ったらいいのか。その役を、あなたは完璧に演じた。始終、まるで偶然であるかのように見せていた。とにかくあなたは、確信をもって状況をリードしていた！」

「ええ、危険がわたしを強くしたのよ」

「あなたはぼくがここに来るようにうまく立ちまわった。そして、ぼくが飲物を手酌でやるようにくどくどと言った」

「この客間を出る前に、どのアルコールをあなたが選ぶかを知っておくことが、わたしにはぜひとも必要だったの」

「階下《した》の客間にも、おなじグラスにおなじアルコールを入れておくために？」

彼女は相槌を打った。実のところ、彼女はぼくの存在に閉口しているのではないのか？　いや、打ち明け話のできる相手を得たことでひそかに満足していないのか？この重い、奇妙な秘密に少しも押しつぶされないのか？

「あなたは銃の音を消すためにレコードをかけた？」

「もちろんよ」

ぼくはあざ笑った。

「ワーグナーを！　そいつはまさにうってつけだ……」


かなり長い時間が経った。彼女は何も言わなかった。心のなかを打ち明けたいのだが、不器用な告解者が告白をするような形でしたいのだ。つまり、こちらからの問いかけにだけ答える形で。

ぼくには質問したいことがたくさんある。ありすぎるほどだ。どれから訊いたらいいのかわからなかった。

最も簡単なのは、時間の順序に従ってドラヴェ氏殺害までを追うことなのだ。

「この客間を出たあと、あなたはリュシエンヌと下の階に行ったのですね？」

娘の名前を聞くと、彼女は目にいっぱい涙をためた。それが長いまつげの端に玉となり、一瞬揺れてから、ゆがんだ、美しい顔の上をしたたり落ちた。

「リュシエンヌを急いでベッドに寝かせるために？」

彼女は肯定を示すかのようにうなずいたが、実際は、まつげにたまった涙を振るい落としたかったのではないか。

「子供を寝かせてから、あなたは客間に行き、そこにいた夫を殺した。とはいっても、ぼくにわからないのは……」

「正午に、わたしはココアのなかにフェノバルビタールを三錠入れて飲ませたわ。この睡眠薬にはいろいろな物質が入っていて、それらがつぎつぎと溶けていき、人を何時間も眠らせておくことができるの……」

かすかな笑みが一瞬、彼女の口もとに皺をつくった。

「その証拠に……」

「ということはつまり、彼は眠っていたのですか？」

「ええ」

ぼくが何を考えているのか、彼女にはよくわかっていた。もし事がばれたら、陪審員はだれ一人彼女の情状酌量を認めないだろう。彼女はゆっくりと、長い、入念な熟慮のうえで、眠っている男を冷静に撃ち殺している。

「わたしが怖い、えっ？　わたしのことを残忍な女だと思っているんでしょ」

ぼくは肩をすくめると、

「あなたを裁くことができるのは、ぼくのような男じゃない」

彼女は映画でのように、手を芝居がかって、そろそろと前に出した。一瞬のうちに、すべてが再びはじまるかのように思えた。

ぼくは彼女の手を取り、握り締めた。ぼくは数分間の猶予を神に願った。呼び鈴の音や、電話の鋭いベルの音を恐れたのである。

「昨日の午後、彼の姿が見えないことをだれも心配しなかった？」

「いいえ、夫の愛人が心配したわ。昨日の朝、工場は操業していた。彼女はぬけぬけと事務室へ夫に会いにやってきたの。わたしは夫の秘書から、二人がレヴェイヨンのことで激しい言い争いをしたことを知ったわ。午後の終わりに、彼女はここへ電話をかけてきて、ジェロームを電話に出してほしいと言ったの、自分がだれだかを名乗らずに。わたしは夫は出かけていて、いないと答えた」

「警察は、この二人のもめ事を知ったと思うが？」

「もちろんよ」

「彼の自殺説に利用できる。ところで、警察の反応はどんなでした？」

彼女は考え込んだ。

「よくわからないわ」

「要するに、刑事たちの態度はどんなでした？」

「医者のようだった、彼らは何も言わないの。彼らは写真を撮り、あちらこちらの寸法を計ったわ。ビニール袋のなかに拳銃を入れた」

「それから？」

「客間のドアに封印を施したの！」

気に入らない話だった。警察が明らかに自殺だと思ったら、そうした手は打っていかないはずだ。

しかし、結局のところ、それは素人の考えにすぎない。もし刑事たちが疑いをもったのなら、家じゅうをくまなく捜索するだろう。

「わかった、あなたは夫を殺した……手袋をつけていたと思うが？」

「ええ。でも、撃ったのは夫よ。いい、わたしは夫の手を取って引き金をひかせたの」

読み書きのできない人の手を取って、書類にサインさせるときのように。彼女は夫に死のサインをさせたのだ。

「血が二滴、あなたの袖にはねかかっていた」

「あの染みがあなたを不安にさせたことは、よくわかってたわ。死体を発見する前から、すでにあなたは血の染みで不安になっていたんでしょ。わたしはもう少しでカフェの出口であなたと別れるところだった」

それらの言葉はつれなかった。だが、言葉のつれなさを訂正するかのように、彼女は指先で何度もぼくの手を締めつけた。

「手袋はどうしたの?」

「月光の下をわたしたちが散歩したときに、下水溝のなかに投げ捨てたわ。あなた、それに気づかなかった?」

「ああ」と、ぼくは認めたが、ひどく情けなかった。

ぼくはすべてをことこまかに知りたかった。この事件にはぼくを魅了する劇的な面がある。

「あなたは夫の手を取って、引き金をひかせた、そのあとは？」

「グラスのなかにコニャックを一滴、もう一つのグラスにチェリー・ブランデーを一滴したたらせた……その二つのグラスを、移動式バーの上の棚板に置いたわ」

「それで、ぼくたちが外出するちょっと前に、あなたはマントルピースの上にぼくが置いておいたグラスを取った。それは階下《した》の移動式バーに置くためですね？」

「気がついたの？」

「そのぐらいは……」

「わたしたちはおしゃべりをした。そして外出したわ」

「外出から戻ったとき、あなたはエレベーターを二階で停めた、三階ではなしに。その距離の違いをぼくに悟らせないため、あなたはぼくにキスをした……」

「そのことだけのためにキスをしたと、あなたは思っているの？」

「荷物用エレベーターについて話してほしい……」

「荷物用エレベーターは二階と三階に通じているの。工場には合理的なやり方で設備が施されていて、二階では糊付け、三階では梱包。建物についての考え方はいろいろですが、夫は荷物用エレベーターが場合によっては、アパルトマン用にも使えることを望んだの。そんなわけで、工場側とアパルトマン側との両方に開くのです」

「それで？」

「昨夜、わたしは操作盤の三階のボタンを、細心の注意を払って押した。わたしの《訪問者兼証人》に三階だということをわからせないために」

「最初のとき、あなたはぼくを三階に連れていった！　どうしてそうしたんです？」

「わたしは子供用の指ぬきを持っていて、それで三階への操作盤を動かすことができるの。指ぬきの端が操作盤の穴にぴったりはまるのよ。本来なら、わたしは三階へは一度しか行く必要がなかった、あなたの二度目の訪問のときに死体が発見されたのだから」

「お見事、あなたは抜け目がない」

ぼくは彼女を見つめながら、犯罪の準備段階でどうしてこうした狡猾さが、こうした細心さが、この若い女の心に生じたのかといぶかった。

「階段と荷物用エレベーターの電球を、切れた電球と取り替えておいたわ」

いまではもう彼女は、最後まで打ち明ける必要があった。彼女はぼくを驚かせたがっている。

「あなたがリュシエンヌを抱いて、初めてここに来たとき、わたしは三階に達する寸前で荷物用エレベーターを停めたわ。教会での男といっしょにあなたが三度目の訪問をしたときも、おなじようにしたわ……なぜだかわかる？」

「いや」

「二階では、わたしたち夫婦の部屋の床が、工場の二階の床とまったくおなじ平面ではないからなの。荷物用エレベーターは工場の必要性からあるので、その結果、アパルトマン側のボックスから出るときには段差があるのね。

それなのに、三階では、工場とアパルトマンの床が同一の平面にあるので、三階の寸前で荷物用エレベーターを停めて、人為的な段差をつくらなければならなかったの」

「ブラボー！　暗がりのなかでは、それは簡単ではなかったはずだが？」

「ここで一人きりでいるときに、夜、何度も練習したわ。だから、一種の条件反射になったのね。いつもおなじ場所に、数センチの違いでエレベーターを停めることができるの」

そうした手腕にたいして、ぼくはひそかな感嘆を禁じえなかった。彼女がいましがた言ったことのなかで、ぼくの心をとらえた言葉があった。ここで一人きりでいるときに、夜、何度も練習したわ。

ぼくはこの若い女の、町工場での拒絶された子供との生活を想像してみた。ここで一人きりでいるときに、夜、何度も……。

実際、彼女には殺しを考える時間があった——殺しを決意し、それを準備する時間。仕事に没頭するように、殺しに没頭する時間……。

「どうして三階のドアに鍵をかけなかったのです？　ぼくはここに入るのに取っ手をまわすだけでよかった」

「用心のためよ」

「ということは？」

「毎回、わたしは鍵を使うふりをしなければならなかった。実際には、人をだますため鍵穴をかちゃかちゃいわせていたのは、二階の鍵だったの。捜査の初めに、警察がわたしに鍵束を要求し、ここの鍵が彼らの注意を惹くことをわたしは恐れたわ。というのは、夫は三階のアパルトマンの鍵を持っていなかったからなの。わたしは夫とわたしの鍵束を、警察が見くらべるのではないかと心配したわ」

ぼくはドラヴェ夫人の手を放した。

「そのとても入念な、とても完璧な計画を、ぼくはもう少しで失敗させるところだったんですね」

彼女はうなずいた。

「ええ。この界隈で、わたしは証人として使えないただ一人の男に出会ったの。でも、あなたが自分がどんな人間なのかを打ち明けたとき……わたしは身の破滅を覚悟しなければならないのかと思ったわ……。

すべてをやり直さなければならなかった」

「それで、あなたはすべてをやり直したのですか？」

「でも、それは冷たくなっていく死体のために、非常に危険になったわ。だから、フェリーさんと長い間出かけていたように立ちまわったの。それがわたしに残されていた唯一の解決策なのよ。つまり、死亡時刻が一時間くらい違っても問題にならないように、多くの時間を過ぎ去らせたわけ……わたしはフェリーさんを、騒がしい場所に連れていって人目に立つようにしたの。わたしたちは紙の帽子をかぶり、紙テープを投げたり、シャンパンを飲んだりした。フェリーさんは生涯で最も素敵なレヴェイヨンだと言ったわ」

彼女は疲れ果てたといったような仕草をすると、

「警察が死体を解剖すると思う?」

「もちろん、彼らが疑いをもったら……」

「睡眠薬は、疑わしい痕跡をまったく残さないようよ。問題なのは射角だけよ……でも、十分に計算してうまくやったと思うわ」

彼女の穏やかな声音を聞いていると、いかにも貞淑そうな顔を見ていると、彼女の大罪を、とりわけ犯行のやり口を信じられなくなる。

「時間の問題についていえば」と、彼女はつづけた。「たとえ解剖されたとしても、気づかれることはないと思うわ。そのうえ、フェリーさんは、わたしたちが外出するとき、客間は無人だったと証言したわ。一瞬たりともわたしと離れなかったとも証言したわ。フェリーさんは、わたしと同時に夫の死体を発見したことも証言してるわ」

彼女はぼくの前にたちはだかり、ぼくの顔をもちあげると、

「いま、わたしの真の唯一の危険人物はあなたなのよ。

こうして一人の女の運命を掌中におさめるって、どんな気分なのかしら?」

そのことをぼくに訊くのは、彼女のほうなのか?

一人の男を殺した彼女が。

一人の女を殺したぼくに。

10　ビロードの小鳥

「どうして夫を殺す羽目になったの？」

彼女は首を振りながら、

「あなたには説明したくはないんだけど……子供のせいよ。ジェロームはあの子をひどく毛嫌いしていたの……」

ぼくはいきなり腹が立った。

「あなたは夫を殺したことを、子供のせいにするのか！」

若い女は呵々と笑って、

「とんでもない。わたしはそんなつもりで言ったんじゃないわ。とはいっても、あなたは九分どおり正しいわ、アルベール！」

彼女はぼくのファースト・ネームをまだ憶えている！　一人の男と同盟を結ぶためには、そういったことも必要なのかもしれない。これまでぼくは、この女によって《いいかも》のように選ばれたことで漠然と侮辱されたと感じていた。しかし、選ばれたということは、結局のところ運命ではないのか？

ぼくがビヤホールで彼女のテーブルの隣に座ったということは、ドラヴェ氏殺害よりも入念に仕組まれた、手の込んだ偶然の巡り合わせではないのか？

前の日、ぼくはここから千キロも離れた刑務所のなかで目醒めた。しかしながら、とてつもなく錯綜した、いくつかのちょっとした偶然が、彼女と出会う場所にぼくを導いた。

「教会での失神、あれは天才的な着想ですね」

「あれを考えついたのはあなたのおかげよ。あなたが電話をかけてきたとき、わたしはリュシエンヌの部屋にいたの。眠っている娘の顔を眺めながら、世のお母さん方はどうやってわが子と自殺するのだろうかと考えていたわ。その恐ろしい方法を見出そうとしていた。

教会の出口で、人々のなかにあなたがまじっているのを見たとき、わたしは絶望のあまりもう少しで叫ぶところだった」

「ところで、あなたは供述のとき、ぼくのことを話したはずですが？」

「あなたのことを話したのはフェリーよ。でも、あなたは死体の発見には立ち合っていなかったので、刑事たちは重視していないようだったわ……」

「彼らはまた来るの？」

「たぶんね。検事局の人たちも判事さんも、まだ目醒めていないんじゃないかしら。クリスマス・イヴはだれもが夜通し飲んで、大騒ぎするから……わたし正午まで静かにしていられると思うわ。みんな眠らなければならないから、そうでしょ？」

「あなたはこの部屋を片づけるために、三階に来たの？」

「ええ。それをするには、あまり時間が残されてないわね」

彼女はぼくの審判を待っていた。ドラヴェ夫人は、ぼくが彼女の運命を掌中にしていると断言したが、それは誇張でもなんでもなかった。

ぼくは迷いから醒めた目で、部屋を見渡した。これは今後、ぼくにとってもはや部屋ではなく、セットになる。悲劇がくり広げられた客間とそっくりおなじセット。

「これらの家具をどうします？」

「この肘掛け椅子は階下《したた》の肘掛け椅子とぴったり合うから、クリスマス・スツリーを置く場所を空けるため、わたしが客間から運び出したということにして、どこかの部屋に、たとえば食堂に降ろすだけでこと足りるわ。警察の人たちは食堂にはほとんど入らないし……わたし酒の瓶を台所に片づけるわ。レコード・プレーヤー、移動式バーを壊して、セントラル・ヒーティングの巨大なボイラーで燃やしてしまって、あっ、クリスマス・ツリーも。ソファだけはここに残しておくわ。全然ちがった色のカバーをわたしが作ってかけておけば、見かけはすっかり変わってしまう」

「よしわかった」と、ぼくは肚《はら》を固めた。「仕事に取りかかりましょう！」

彼女がぼくの沈黙を望んでいることを、ぼくは重々承知していた。とはいえ、彼女はぼくの助力を当てにしていまい。しかし、ぼくの決断しだいでは彼女を恐怖のどん底にたたき込むことになる。

ぼくは腕時計を見た。自分がひどく落ち着いているのを感じる。この殺人はそれ自体としてはいわば傑作である。ぼくはぼくなりのやり方で参加したかったほどだ。

午前八時に近かった。まだ一時間以上の猶予があるだろうか？

ドラヴェ夫人に手伝ってもらって、ぼくは荷物用エレベーターのなかに肘掛け椅子、移動式バー、レコード・プレーヤーとそれが置かれていた低いテーブルを運び込んだ。

ぼくたちは、彼女の言葉どおり二階の食堂に肘掛け椅子を置いた。それから、地下室へ行った。移動式バー、レコード・プレーヤーを壊すことは、児戯に等しかった。それにボイラーの炉は非常に大きかったので、細かく壊す必要がなかったのである。

すべてがことごとく燃えつき、レコード・プレーヤーの内部の金属部品がもつれた小さな、黒ずんだ屑鉄でしかなくなったとき、ぼくはボイラーに再び燃料を詰め込んだ。

三階に戻ったとき、ぼくたちの顔は鶏のとさかのように赤かった。ぼくたちにはまだクリスマス・ツリーのこまごました飾りを取り除き、それらの飾りを細かく千切って、燃やす仕事が残っていた。ぼくたちは口をきかずに黙々と仕事に取りかかった。

二人とも夢中になって、せっせと働いた。三階の客間が階下《した》の客間と似なくなってくればくるほど、ぼくたちは猶予時間がいつ終わるのかを絶えず意識するようになった。刑事がやってきて、ドラヴェ家にいるぼくらを発見するのではないか。また、二階の客間を訪れたついでに三階へやってくるのではないか……。

彼女はビロードの小鳥の入ったぼくの鳥籠を見つけたとき、小さな叫び声をあげた。そして、不審そうにそれをまじまじと見た。

そこで、ぼくは鳥籠がどこから来たのかを説明した。彼女は泣きだした。ソファに座って、壊れやすい鳥籠を胸に抱き締めながら激しくしゃくりあげて泣いた。

「なぜそうやって泣くの？」と、ぼくは彼女が落ち着いたとき訊いた。

「あなたのせいよ、アルベール。雑貨店でこれを買ってみたもののどうしていいのかわからずにいる、独りぼっちのあなたを想像したの」

彼女は数週間にわたって夫を殺害する準備をすることができた。眠っている男の頭に至近距離から弾丸を撃ち込むことができた。それなのに、ぼくの孤独の象徴である安物の鳥籠を見て泣いている。

「それを投げ捨てないで」

「しかし、階下《した》の客間が封印されているのだから、もう一本のクリスマス・ツリーにつるすわけにはいかないのでは？」

「リュシエンヌのベッドの上につるしておくわ。わたしのような女がお守りを信じる権利があるかどうかはわからないわ。でも、この小鳥はお守りのように思えるの。この小鳥が娘を保護してくれるような気がするの……」

彼女は銀色の薄片をまぶした厚紙の鳥籠を持って、ただちに降りていった。ぼくにはクリスマス・ツリーの枝をはらう仕事が残っていた。そのため、ぼくは再び地下室に降りた。燃えさかる火のなかに枝を投げ込み出したとき、黒くて濃い煙が立ちのぼった。鋳鉄製の扉を開けるたびに、樹脂を含んだ煙が炉からどっと洩れて、ぼくは息が詰まった。

ボール箱のなかに積みあげた糸ガラスの飾り物は、とても貴重な卵に似ていた。ぼくはそれらをボイラーのなかに一挙に投げ込んだ。ビスケットが割れるような小さな音を立てて、ガラスが破裂した。

ぼくは樅の木の緑色の針葉が散らばった地下室の床を掃除した。そのあとで、階段をあがった。二階の踊り場に面したドアの前に達したとき、ドラヴェ夫人の話し声が聞こえた。彼女が電話で応答しているのかと思い、ぼくはずかずかと中に入った。つぎの瞬間、ぼくは男の声を聞いた。ぼくは引きさがろうとしたのだが、階段で足音が鳴り響いた。ぼくは挟み撃ちにあってしまった。一方、食堂には話している最中の訪問客がいる。もう一方では、やって来た者たちがいる。

ぼくの正面には、封印が施された《悲劇の客間》のドアがある。封印は、乾いた血のような赤くて太い蠟を押しつぶしたものだ。

ぼくは一か八かの勝負に出た。爪先立ちで、食堂と向かい合っているドア、つまり子供部屋のドアに達した。そして中に入ったのだが、このとき以上にこっそりと、迅速に部屋に入ることはできないと思う。

灰色の薄暗がりが女の子の部屋にみなぎっていた。ぼくの銀色の鳥籠がベッドの上で揺れている。ぼくはリュシエンヌの軽い、規則正しい寝息を聞きつけた。子供部屋のなかには、むっとする蒸し暑さがあった。

もする。
ぼくの数センチ先で、いくつかの足音が床を軋ませた。低い、ささやくような人声
だれかがこの部屋に入って来ようとしている。ぼくはまわりに隠れ場所をさがした。
だが、見つからなかった。ベッドと、色を塗った小さな洋服だんすのほかは、部屋に
は玩具しかなかった。
子供の眠りを妨げたのはぼくのせいか、それともすぐ近くでの足音か？　というの
は、突然子供が叫び声をあげたからだ。鋭い、いくぶん動物的な呻き声。
ぼくは昨夜から今朝にかけて多くの衝撃を受けていた。この叫び声は、麻酔をかけ
られた肉体に刺し込まれたメスのように、ぼくのなかに入った。
「子供が目を醒ましたらしいわ」と、ドラヴェ夫人はだれにともなく言っている。
彼女の足音が近づいた。だれかが彼女に付きそっている。
ぼくはベッドの薄い、白いカーテンの後ろに飛び込んだ。だが、ぼくの体の両側が
はみ出しているにちがいない。頭隠して尻隠さずだ。
ドアが開いた。女が入ってきた。男が付きそっている。だが、男はドアのところで

立ちどまったままだ。そのため、ぼくは救われた。近づいてきたドラヴェ夫人は、ぼくを見た。この女がどれほど自分を制御できるのかを、ぼくはこの目でしかと見た。

彼女は足をとめずに、子供を抱きかかえると、ドアとぼくとの間にできるだけ割って入りながら、部屋を出ていった。

ぼくは、ベニヤ板に描かれたたくさんのドナルド・ダックがにやにや笑っている子供部屋に、独り残された。

ぼくの青と黄色のビロードの小鳥が、とまり木で揺れつづけていた。

11 思いがけない発見

彼らが立ち去ったとき、ぼくは昨夜のトラックの運転席でのように、ほとんど時間の観念を失っていた。

それに、彼らがみんな立ち去ったかどうか、ぼくには定かではなかった。その点についてぼくに情報を与えてくれたのは、ドラヴェ夫人である。彼女はドアの向こう側で小声で歌いだした。それが、子供の注意を惹かずに、ぼくに情報を与える手段だった。

うまくいった、彼らは立ち去った。
わたしは娘と台所に行く、

さあ食堂に行きなさい、
そうすれば、娘を再び寝かせられる。

この歌のおかげで、ぼくはリュシエンヌに見られずに子供部屋を出ることができた。

まもなく、彼女はぼくのいる食堂へ来た。

ドラヴェ夫人はひどく憔悴した目をしていた。

「あなたもぼくのように恐れているの？」と、ぼくは胸に彼女を引きよせながら言った。

彼女は熱っぽくぼくに身をゆだねてきた。彼女は精根尽き果てていた。

「彼らは呼び鈴を鳴らした。あなたも地下室で聞いて、そこで子供部屋に隠れたのだとわたしは思ったの」

「まったく何も聞こえなかったな。間一髪で、ぼくは彼らの手に落ちるところだった。

彼らは何の用だったの？」

「なにかの確認のためと、わたしに言ったわ。彼らは封印をはずし、それからまた封印をしていった。客間で彼らが何をしたのかはわからない。ある者たちはせっせと立ち働いていたし、ほかの者たちは食堂でわたしに質問していたわ」

「ぼくのことを？」

「たしかに、あなたのことをほのめかしたわ。でも、彼らはおもに夫の愛人のことを話したわね」

「どんなことを訊いたの？」

「あなたについては、ごくわずかなこと——あなたがどうしてわたしと知り合ったのか？　ミサのとき、わたしが人々に抱きかかえられて教会から連れ出されたことを思い出して。そのとき、あなたはわたしに近づいてきた。わたしは彼らに、あなたのことなんかまるっきり知らない、あなたがわたしに目をとめたとしても、わたしのほうはそんなことなかった、と言ったわ」

「よくやった。で、愛人のことは？」

「そっちではからはらしたわ。彼らはわたしが愛人関係をよく知っていたかどうか知りたがった。これ、どういうことかわかるでしょ？」

「ああ。そちらのほうへ警察の目がいけばいいと思っていた」

　ぼくは彼女の髪にこっそりキスをした。

「彼らはあがってこなかった？」

「ええ」

「よかった。早くけりをつけたいものだ。彼らがこの家のなかに一人も残していかなかったのは、たしかかい？」

「わたし彼らを門まで送っていった。そのあと、門に二重に鍵をかけたわ」

「子供に、彼らは質問しなかった？」

「何一つしなかった。刑事たちの一人は、ポケットにあった金色の紙に包まれたチョコレートをあげてもいいかと、わたしに許可を求めたほどだわ」

「申し分ない。さあ階上《うえ》へ行きましょう」

　いまや、これは少しばかりぼくの殺人のように思われた。ぼくはそのことを受け入れ、容認した。

残った仕事は三階のソファにカバーをかけ、念入りに掃除することだけだった。ぼくはこのやりがいのない仕事を引き受けた。きわめて洗練された物腰のドラヴェ夫人のほうは、窓の重々しいカーテンを裏返して、白い布をつけると、そっちを表にして窓にかけた。すると、部屋はなんの特徴もない、空虚な感じになった。

「ソファのカバーはどこに？」

「クッションの下よ」

何一ついい加減にしてはならない。ぼくは素早くクッションを取り除いた。その言葉どおり、カバーは丁寧に畳んでクッションの下にあった。しかし、ぼくがカバーをつかんだとき、何かが落ちた——安っぽいプラスチック製のケースだった。片側が透明で、身分証明書が入れられるようになっている。そこには、セーヌ県ナンバーのシトロエンの小型トラックのために作られた、車の登録証が入っていた。

この登録証は、パリに住むポール・フェリーの名義になっている。

ぼくは気がかりな目でこの書類をじっと見た。

「それ何なの？」と、ドラヴェ夫人が訊いた。

ぼくはワニ革に見せかけたそのプラスチック製のケースを差し出した。

「あのお馬鹿さん、ここに最初に来たときソファに寝そべったから、それでその車の登録証を落としたんでしょうよ」

彼女は身動きせずに、車の登録証を熱心に見つめている。まるで解決の困難な問題を提起されでもしたかのように。

「あなた、茫然としているようだけど?」と、ぼくは困惑して訊いた。

「考えているの」

「何を?」

「フェリーがこの必要な書類をなくしたことに気づき、どこでなくしたかを自問しているかどうかを考えているの」

「それで?」

彼女はなかなか答えなかった。物事を徹底的に考える、気まじめな女だった。

「きっとここにさがしに来ると思うわ」

「たぶんそうだろう。だが、何も危惧することはない。さあ、見て……」

ぼくはカバーを取って、ソファの上に広げると、カバーの端をクッションの下にたくし込んだ。つぎに、背もたれの上で折り返した。膝で、部屋の奥にソファを押しやった。いまや、部屋の模様替えがなった。壁の色と家具の配置のほかは、階下《した》の客間との共通点は何もなかった。

ドラヴェ夫人は玄関まで後ずさりしながら、

「あなたはわたしよりも新しい目で物事を見られる。だから、フェリーがここに来たら、彼の心に疑念が生まれるかどうか考えてみて」

ぼくは網膜からあらゆるイメージを一掃するため、ちょっと目を閉じた。それから目を開いて新しい室内を見た。

「大丈夫だ、絶対に疑われない。似ていたのは部屋の形によるものではなく、クリスマス・ツリーや移動式バー、レコード・プレーヤーなどによっていた。ドラヴェ夫人、あなたは完全犯罪に成功したと、ぼくは心から思う。たとえ警察がドラヴェ氏の死が自殺ではなく殺人だと見破ったとしても、あなたがそれを犯したのだということは警察には証拠立てられない」

彼女は相変わらずプラスチック製のケースを持っていて、それで頰をあおいだ。

「これをどうしたらいいかしら？」

「ぼくによこして。ぼくが教会の近くに捨ててくる」

「それでいいの？」

「もちろん。正直な人でも、そうでない人でも、こうした物を拾うときまって警察署に届ける。

車の登録証を返すことで、誠実な人間だという評判を取りたがるものなんですよ」

その車の登録証を、ぼくはポケットに突っ込んだ。これでぼくには、二つの果たすべき困難な仕事が残った——ドラヴェ夫人のもとを辞去し、もしかしたら張り込んでいるかもしれないでかに見つからずに、この家から出ること。そして車の登録証をそっと捨てること。

「工場から出る別の出口はないのですか？」

「事務室から通りへの出口があるけど」

「その出口は警察が知っているんじゃないですか？」

　彼女は肩をすくめた。

「警察がこの家を見張っているとしたら、必ずやすべての出口に精通しているわ」

　ぼくは当惑した。張り込みが行なわれている場合には、ここから抜け出ることはかなりの危険を伴う。

　その一方では、ドラヴェ家にもうこれ以上ぐずぐずしてはいられない。

「三番目の出口があるわ」と、彼女はしばらく考えたあとでつぶやいた。

「どこに？」

「一種の落とし穴で、その穴から紙のロールを転がすの。そう、これはいい案だわ。刑事たちはそれを知ることができなくてよ。何台ものトラックが駐車してもかまわない広い袋小路に抜け出られるわ。さあ、来て……」

　ぼくは最後にもう一度、あたりを見まわした。世の中には、目が醒めたとき、見ていた夢を懐かしむ人々がいるものだ、たとえそれが悪夢であったとしても。ぼくはまさにそういった人間に属していた。

　ぼくたちは今度は階段を使った。二階の踊り場を通ったとき、ぼくは眠っている女の子に別れを告げるかのように、ちょっとの間立ちどまった。

二人は明るい工場のなかを通った。床には、紙の裁《た》ちくずが散らかっている。いいにおいがする。疲労しているにもかかわらず、ぼくのなかでは仕事をしたいという欲求が強く芽生えだした。明日になったらさっそく、仕事探しをはじめよう。

「ほら、ここなのよ」

大きな差し錠が、一種の落とし穴の戸を閉じていた。コンクリートの斜面の上にあって、二枚の鉄の鎧戸《よろいど》がついている。ぼくはそのうちの一枚を押し開けた。その穴はぼくが通るのに十分な広さだった。

「では、お別れね」と、彼女はぼくの腕をつかみながらささやいた。「《ありがとう》という言葉がこの場にぴったりだとは思えないわ」

「どんな言葉もふさわしくないさ。いままでの出来事は、別の法律に支配された別世界のことなんです」

ぼくたちはもの悲しげな笑みを口もとに浮かべて、見つめ合った。

「わたしたち再び会えるかどうかわからないわね」と、彼女は目蓋《まぶた》を閉じながら言った。

「また会えることを、ぼくは心の底から望んでいます。そのことはあなたもよく承知しているはずです」

「少し時間を置いたほうがいいと思うわ」

「ぼくもそう思う。あなたはぼくがどこに住んでいるかを知っている。ぼくはあなたがどこに住んでいるかを知っている。ぼくたちが再会できない理由は何もない」

ぼくはそれ以上一言もつけ加えずに、落とし穴の鎧戸を閉めた。よく響く、大きい音を立てた。ついで、ぼくは大きな差し錠が猫の鳴き声に似た耳障りな音を立てるのを聞いた。ぼくを襲った計り知れない悲しみで、ぼくは再び独りぼっちになったことを悟った。

12　予測できない要因

袋小路への出口にはだれもいなかった。通りにも人がいなかった。ぼくたちの不安は無駄であったし、ぼくたちの用心は不必要だった。警察は自殺を受け入れたのだ。

このクリスマスの朝は陰気だった。空はどんよりとしていて、雪を告げる北風が吹いていた。界隈はひっそりとしていて人気《ひとけ》がないみたいだった。北風から身を守るため壁にぴったり身を寄せながら急いで歩くごくわずかな通行人は、天気よりも陰鬱な顔色をしていた。

ぼくはもう精根尽き果てていた。顔を洗ったあとで暖かいベッドにもぐり込んで眠ることしか考えなかった。ドラヴェ家の地下室でのいかがわしい仕事が、ぼくの顔をやつれさせ、生気を失わせていた。ショーウィンドーのガラスにぼくの姿が映った。

その姿はぼくの意欲を阻喪させるものだった。公共建築の上に見られる国旗のように、息もたえだえの、色あせた様子をしていた。

ぼくは何度も振り返ってみたが、尾行してくる者はいなかった。木の枝々を円錐形に刈り込んだ、人っ子ひとりいないがらんとした並木通りの長い眺望に、ぼくは眩暈《めまい》を起こしたことを憶えている。

今回は、ぼくはわが家を痛々しいとは思わなかった。昔の、ぼくが学校から帰ったときの、快活ないい外観を取り戻していた。

ぼくは窓辺のゼラニウムの植木鉢を目でさがした。植木鉢はあったが、ゼラニウムはなかった。母の死後、世話をしなかったので枯れてしまったにちがいない。

木の階段を駆けあがった。消毒水のにおいと埃だらけの古絨毯は、もはやぼくにショックを与えなかった。ぼくは《わが家》に、思い出のいっぱい詰まった古びた住居に入った。そこにはありとあらゆる思いが詰まっていた。

顔を洗うため、流しに駆けよった。それがいちばん急を要することだったからだ。だが、緑青《ろくしょう》によって腐食した銅の蛇口を見たとき、水が止められていることを思い出した。ホテルへ行ったほうがよかったのだ。しかし、こんな時間に、荷物も持たずに行ったら、怪しまれるのが落ちだろう。そこでスーツケースに、きれいなワイシャツとスーツとを入れた。ぼくが帰ってきたときのために、ママがナフタリンといっしょにビニールの衣装収納袋にしまっておいてくれたのだ。もちろん、スーツもワイシャツもいまでは流行遅れのものだが、それらを再び手にすることができたのはうれしかった。

擦り切れた、おんぼろのスーツケースを提げて、ぼくは家を出た。留め金の一つが、しょっちゅうはずれてしまう代物だ。ぼくは急いで歩いた。一刻も早く宿を見つけなければならなかったからだ。奮発して浴室付きの部屋を借りるつもりだった。まず熱い風呂に入り、つぎに裸のままベッドに横になり、心地よい忘却の深淵にのみ込まれる。

ポケットに入れたフェリーの車の登録証に気づいたのは、教会の広場を横切っているときだ。もう少しで車の登録証のことを忘れてしまうところだった。ポケットからそれをひそかに取り出すと、歩道の木の根元に落とした。そのまま歩きつづけようとすると、不意に呼びとめられた。

「おい、きみ！　何か落としたぞ」

ぼくは迷惑千万な男にいらだちながら、ゆっくりと振り返った。このことは刑務所内で観たアメリカ映画を思い起こさせた――ある品物を捨てようとするのだが、どうしてもそれができない男の物語である。とてつもないギャグの連発だった。男がその品物を捨てるたびに、他人の余計な介入があって男は取り戻さざるをえなくなる。最後に、男は自宅に帰り、怒り狂って包みを解くが、出かけたときとおなじ品物ではないのを見て、茫然自失する……。

ぼくを呼びとめた男は、ひどく肥満していた。黒のローデンのコートに、縁が反りあがった灰色の帽子、口には空のシガレット・ホルダーをくわえている。

ぼくは驚いたふりをして、

「ぼくが？」

男は人に役立つことがうれしくてしかたがないといった表情で、ぼくのすぐそばまで来た。人間の大多数は悪人だと言うが、それは間違いで、世の中は愛他主義者でいっぽいだ。

男は自分でケースを拾うと、

「わたしはきみのポケットからこれが落ちるのを見た。きみのものだね？」

「あっ、そうです。ありがとう……」

ぼくは車の登録証を返してもらうため、微笑みながら手を差し出した。しかし、それを返すかわりに、相手は車の登録証をちらっと見たあと、自分のポケットへすべり込ませてしまった。

男の理屈に合わない態度が、ぼくにはさっぱり理解できなかった。

男はローデンのコートを裏返した。警察バッジがきらりと閃光を放った。

「いっしょに来てくれ、エルバン」

反応しなければならない、何かを言わなければならない。

「ぼくには何がなんだかわからない」

「そのことだけど、これから説明してあげる」

男は手をあげた。一台の車が近づいてきた。その車がどこから出てきたのか、ぼくにはわからなかった。たぶん距離を置いて刑事の跡についてきたのだろう。翼の折れた怪鳥のような型のおんぼろ車だ。羊革の裏付き上着に、短い縁の小さな緑色のフェルト帽をかぶった男が、車を運転していた。

「さあ乗るんだ!」と、ローデンのコートの刑事が命じた。

「しかし、どんな理由で？　どんな権利で？」

ローデンのコートの刑事はくどくどと説明しなかった。説明のかわりに、ぼくの背中をどんと突いた。ぼくは車のなかにつんのめった。古びたスーツケースにぶつかり、穴だらけのゴム製のマットに膝をついた。

ローデンのコートの刑事はぼくのわきに席を取ると、満足げな、か細い声を洩らしながら座席に倒れ込んだ。車は発進した。

だれも口をきかなかった。ぼくは事態をはっきり見極めようとした。ドラヴェ家からぼくは尾《つ》けられていたのか？　そうではないと、ぼくは確信をもって言える。絶対にそうではない。そのかわり、いまになって、ぼくの家の正面にこのどでかい黒い車が停まっていたのを見たような気がしてきた。

そうだ、彼らが《張り込んでいた》のは、ぼくの家のほうなのだ。してやられたとしかいいようがない。

この難局から抜け出たいのなら、こうした措置を講じる警察の狙いがどこにあるのかを理解しなければならない。刑事たちは《もう一人の証人》、つまりぼくのことを見つけ出したかったのだろう。そんなのは児戯に等しいことだ。というのは、あのにせの客間で、ぼくとフェリーが自己紹介をし合ったとき、ぼくはフェリーに名前を告げてしまったのだから。それに、ぼくが住んでいるところまで、彼は知っている。ぼくは自宅の前で車を停めさせたではないか。

土壇場になって、刑事たちはちょっとした捜査をしてみたのだろう。そして、ぼくが何者で、どこから出てきたのかを知った。

ぼくは落ち着くように自分を励ました。楽観的にしていようとした。

刑事たちは、ぼくが夜をどこで過ごしたのか、とりわけフェリーの車の登録証をどこで見つけ出したのかを訊くにちがいない。

怪鳥のような黒の車は、灰色の石段の前で停まった。建物の上に旗が垂れさがっている。ついさきほど、ショーウィンドーに映るわが姿を見て、公共建築の国旗と比較したが、まさにその国旗だ。

「さっさと進め！」

クリスマスと子供たちのことをぺちゃくちゃしゃべっている警官たちがいる警察署の廊下。

事務室、木のベンチ、ポスター、緑色の電気スタンド、インクと、かびの生えた紙と、汗のにおい……。

「座って！」

さっき車のなかへ突き入れられたほかは、《彼ら》はぼくを手荒に扱わなかった。ぼくは頑なに希望をもちつづけた。危険は、いざ目の前に迫ると、それほど恐ろしくはなくなるものだ。

《いいか、おまえは界隈のビストロで夜を過ごしたんだ。どこのビストロも人でいっぱいだった。だから、人に気づかれることはなかった。あの不愉快な車の登録証だが……。

そうだ、車の登録証を、おまえはフェリーの車のなかで拾った。おまえはそのケースが自分のポケットから落ちたのだと思った。その間違いに気づいたのは、ずっと後になってからだ。

これらの申し立てをいこじに言い張ればいい。

これで、おまえに不利な証拠は何一つ挙げられない》

この言葉をぼくは、自分自身に納得させるため一心不乱にくり返した。ぼくはこの窮地を脱出できるだろう。

ドラヴェ夫人のことを考えた。彼女にファースト・ネームをたずねなかったことを悔やんだ。ファースト・ネームがわかっていれば、彼女のことを考えるのにどんなにか有利だったろう。これまでぼくは、あれほど意外な女性に出会ったことがない。彼女は断固たる意志、とっさの機転を持っていた。その一方で、かよわい、途方に暮れる一面もあることをぼくは知っている。ぼくたちは同種の人間なのだ、彼女とぼくとは。

ローデンのコートの刑事は同僚に、子供たちに玩具を買った話をしている。その同僚は折れた煙草の部分をシガレット・ペーパーで巻いている。彼らにとって今日は、捜査が続行中にもかかわらずクリスマスなのだ。彼らの家にはクリスマス・ツリーが、お菓子が、灯火が、喜びが、子供たちの叫び声があったはずだ。そうしたものの余韻を、彼らはこの陰気な部屋部屋に持ち込んできている。

「エルバン！」

別の刑事、羊革の裏付き上着の刑事が、ぼくに事務室に入るように合図した。

五十がらみの、禿頭の男が、書類が山積みされた大型の両袖机の後ろに座っていた。この男の禿頭は滑稽で、まるで厚紙で作った頭のようだった。黒くて濃い口ひげの上に、まん丸い大きな鼻がでんと居座っている。

禿頭の男はぼくに、爪のひっかき傷のある、ざらざらした革の椅子を指さした。

「アルベール・エルバン？」

鉛筆で小さなメモがごちゃごちゃと書かれた紙を調べながら、こちらを見ずに話す。

「そうです」

「一昨日の朝、ボーメット刑務所を釈放されたんだな？」

ぼくはとっさに訂正した。

「いえ、昨日の朝です」

それから、ぼくは計算をした。時間の観念が、不眠の夜が二晩つづいたため、少し混乱してしまっていた。

「失礼、あなたの言うとおり、一昨日でした」

「きみはマルセイユからどうやって戻ってきたんだね？」

「夜行列車です」

「それからは？」

ぼくは肩をすくめた。今度、彼はぼくをじっと見つめている。穏やかな顔、静かな目をしていたが、その目の奥には危険な光がひそんでいる。

「母の家に帰りました。そのあとは、取り戻した自由をおおいに楽しみましたよ」

「どのようにして？」

「ぼくなりのやり方で――街をあてもなくぶらつき、バーに入ったり、ぼくが監禁されていた間に発売された新車を眺めたりしました。六年間に、世界は変わりました。

長い間刑務所にいて世間に出ることは、たいへんなことです」

「真夜中のミサに行ったそうだな?」

ついに話はそこにきた。彼はあまり策を弄したくないようだった。

「そのとおりです」

「ミサの最中に、一人のご婦人が気分が悪くなったね?」

「そうです……えーと……」

ぼくは考えるふりをした。

「……ドルヴェ夫人とかドラヴェ夫人とかではなかったですか?」

「そうだ」

彼はこの「そうだ」を言うのに、声を張りあげた。挑発的な声音だった。

「きみは教会の出口で、彼女を抱きかかえてきた人たちに、彼女を知っていると言明したそうだね?」

「とんでもない。ぼくは彼女がどこに住んでいるかを知っていると言ったんです、ニュアンスが違います」

「どうしてきみは彼女の住居を知っていたのか？」

「しごく簡単です。あの界隈を散歩しているとき、彼女が小さな女の子を連れて家から出てくるのを見たのです。ぼくは六年間というもの、女も子供も見なかった。この母子《おやこ》は美しかった、それでぼくの目を惹いたのです。教会で、ぼくは二人を見分けた、それだけのことです」

「というより、きみは教会まで母子の跡をつけてきたんじゃないのか？」

「いいえ」

「刑務所では、きみはミサには出席しなかったようだが」

「それで？」

「それで、自由の身になったきみが、教会に行くより先にすることが何もなかったのか？」

「多くの人々にとって、真夜中のミサはすばらしい光景です！　それに、あの教会は《ぼくの》教会でもあるんです。あそこにぼくは、ぼくの少年時代をさがしに行ったんですよ」

彼は目をしばたたいた。彼にはよく理解できたらしい。人や状況を少し変えてしまう、このクリスマスの雰囲気のせいで、彼はいくぶん困惑しているようだった。

「オーケー。それから?」

「その場にいた親切な男といっしょに、その婦人と子供を送って行きました」

「それから?」

ぼくの背後で、かすかな音がした。ぼくはそちらを見た。例の羊革の裏付き上着の男が、一枚の大きな紙の上でメモを取っていた。

「ぼくたちはえーと……夫人を……」

「ドラヴェ夫人だ」

彼はだまされなかった。ぼくがわざとためらっているのを、彼は感じていた。

「ドラヴェ夫人を家まで送り、彼女が女の子を寝かしつけている間、ぼくたちは客間でアルコールを飲みました。彼女は戻ってくると、教会にハンドバッグを忘れてきたと言った。そこで、ぼくたちは再び車で出かけましたが、ぼくは自分の家の近くで車を停めるように運転している男に頼みました」

彼はプラスチック製のケースをつかむと、それを振りかざした。

「で、これは?」

「あっ、そうです、ドラヴェ夫人の家を再び出たとき、ぼくは鍵を車のなかに落とした。鍵を拾うと同時に、それも拾いあげた。ぼくはそれを自分のものだと思い……」

判断を誤ったか! ぼくは相手の目の奥がきらっと光るのを見た。ぼくは話をやめた。

彼はぼくの話を信じていない! 彼はぼくが嘘をついているような気がするのではなく、ぼくが嘘をついている証拠をもっている。

「それでは、きみはこの車の登録証をフェリーさんの車のなかで拾ったと言い張るんだね?」

「ええ」

「よく考えたかね?」

「ええ」

でっぷり肥った全身が、突然弛緩《しかん》した。彼は椅子にもたれると、人を小ばかにしたような薄ら笑いを浮かべながら、ぼくを見据えた。

「きみは嘘をついている。エルバン」

「いません」

彼の大きな手が、机の革の下敷きにふりおろされた。

「嘘をついている！　わしがこれからそれを証明してみせる……」

羊革の裏地付きの上着の男のほうを向くと、彼は命じた。

「フェリーを入れてくれ」

革のコートの男が、事務室に入ってきた。相変わらずコートを着ている。ぺこぺこお辞儀をしながら歩いてくる。ぼくを見ると、愛想のいい笑みを浮かべた。

「おお、エルバン君、こんにちは。たいへんなことだね」

ぼくはじっとしていた。彼は驚いて、警視をまじまじと見た。禿頭の警視は車の登録証を振りかざした。

「それを取り戻してくれたんですか」と、フェリーが叫んだ。「警視さん、やっぱりわたしの言ったとおりだったでしょうが」

「ちょっと待って、フェリーさん。あなたはこの車の登録証をどこに置いたのか、エルバンに言ってくれるかね？」と、警視は単刀直入に言った。

フェリーはばつが悪そうだった。

「はい、お恥ずかしいんですが、われわれがドラヴェ夫人の客間にいた夜、わたしはソファのクッションの下にこいつを隠したんです、ひそかに。わたしは……男ってみんな、どんなものか、きみだってよく知っているね、エルバン君？　車の登録証をクッションの下に隠していくことによって、夜遅くもう一度舞い戻ってくる口実にしようとしたんです。家にいるのは彼女だけです、絶好のチャンスでしょうが？　妻が入院しているため、一時的に一人きりでいる男にとっては……。

エルバン君がいたので、わたしは思いきって言い寄ることができなかった。

彼女が自分のほうから教会に行ってほしいと言い出し、そのあと二人だけになれると思ったら、わたしは……もちろん、家に帰ってきてから二人きりになれば申し分がないわけで……」

ぼくは勇気を出して彼に微笑もうとした。だが、顔面が凍りついたようになっていた。

「彼女の夫が死んでいるのを発見したとき、わたしはそれのことを……車の登録証のことなど考えなかった。車の登録証のことを思い出したのは、自宅に戻って、車庫のなかの小型トラックを見てからです。そこで、ここを訪れて刑事さんたちに、車の登録証のいきさつを説明しました……」

警視は指をぱちんと鳴らした。

「ありがとう、フェリーさん、もう下がってよろしい」

言葉をなくしたフェリーは、しばらく口をぽかんと開けたままでいた。それから、大きくうなずくと後ずさりして出ていった。

警視は机の縁で手を合わせると、

「といったわけだ、エルバン」

「ぼくは無実だ！」と、ぼくは力のかぎり叫んだ。

「どうも感心できんなあ。フェリーが死んだ夫のことを話したとき、きみはびっくりしたふりさえしてみせなかった」

ぼくは滑稽な表情をしてみせたにちがいない。彼が呵々大笑したからだ。もうだめだ。この笑いがぼくを完全に打ちのめした。

「メモを取ってるな、ブラシュ？」

「はい、警視殿」

禿頭の男は身をのり出した。でっぷりした腹が、古い革の下敷きの上でぺちゃんこになった。彼の顔がぼくの顔の目の前にあった。ぼくは吐き気を催した。彼の息にカフェオレのにおいがしたからだ。

「よく聞くんだ、エルバン。きみたち三人がドラヴェ家を出たとき、車の登録証はソファのクッションの下にあった。フェリーとドラヴェ夫人が帰ったとき、ドラヴェ氏の死体を発見した。二人は何にも触っていない。

朝でのフェリーの供述のあと、わしの部下たちはあそこに再び行って、ソファのところをさがした。だが、車の登録証はもはやなかった。結論——きみはドラヴェ夫人の留守中にアパルトマンに忍び込んだ。きみは女の子しかいないのを知っていた。刑務所から出たばかりの金のない男にとって、おあつらえ向きのチャンスだ。

ところが、きみがアパルトマンをくまなくさがしているうちに、ジェローム・ドラヴェが帰ってきた。彼はピストルできみをおどした。きみはそのピストルを奪って、至近距離から撃ち殺した。きみたちが争っている間に、ソファからクッションがすべり落ちた。きみはクッションを元の場所に戻そうとして、フェリーの車の登録証を見つけた。なぜきみはそれを取ったのか？　とっさの反応か？　それにしては愚かで、危険な反応だ。そのおかげで、われわれはきみを追い詰めることができるのだからな」

警視はしゃべっている。自分に自信をもって、自分が進めてきた捜査に確信を抱いて、しゃべっている。

ぼくは話を聞いていなかった。奇妙な迷路のなかに入り込んでしまっていた。いまはもうドラヴェ夫婦のアパルトマンには、客間は一つしかない！　もう一つの客間を跡形もなく壊してしまったのは、ぼく自身なのだ。

ぼくは真相を話すことができたかもしれない。だが、それをしたくはなかった。この真相を、どうやったら彼らに認めさせることができるのか？　悪夢は個人的なもので、それを人に語ってきかせようとすると滑稽なものになってしまう。悪夢を生きなければならないが、しかし悪夢を生きるということは……。

ぼくは、女の子のベッドの上で揺れている青と黄色の小鳥のことを考えた。ぼくが刑務所から出たのは、ただ単にこの銀色の鳥籠《カージュ》を買うためだけではなかったのか。これはきわめて象徴的だ！　ぼくは再び檻《カージュ》のなかに入れられようとしているのだから。ぼくの逮捕を知ったドラヴェ夫人が、助け船を出してくれないかぎりは……。

「あの、警視さん……」

ぼくは、長広舌の結論部分に達した警視の言葉を遮ったにちがいない。彼はぼくが話をまるで聞いていなかったことを悟ると、口をつぐみ、ついで顔を真っ赤にした。

「なんだ？」

「ドラヴェ夫人のファースト・ネームを教えていただきたいのですが？」

警視はぼくを見、ブラシュ刑事を見た。それから最後に、目の前に広げられている紙を見た。

「マルト！」と、彼は食ってかかるような口調で言い放った。

「どうも」

あとはもう黙っているしか手がなかった。

決めるのはマルトである。

〈解説〉フランス・ミステリーの隠れた傑作

中条省平（フランス文学者）

本書『夜のエレベーター』は、フランス・ミステリーの隠れた傑作です。

喩えていえば、エラリー・クイーンか島田荘司ばりの大胆なトリックを仕込み、パトリシア・ハイスミスのごとき皮肉な逆転劇を導く技巧派に見えますが、その底には、ウィリアム・アイリッシュを髣髴《ほうふつ》させる人間の孤独と哀しみが濃く淀んでいるのです。

作者フレデリック・ダールは一九五〇～六〇年代にフランス最高のサスペンス作家と目されていた逸材ですが、まもなく姿を消してしまいます。その理由については、のちほど説明することにしましょう。

さて、本書の主人公は「ぼく」と名乗る青年です。クリスマスの夜、六年ぶりにパリ郊外にある生家のアパートに戻ってくるところから小説は始まります。すでに四年前に母親は死んでおり、母親の死にも駆けつけられなかった息子の悔恨と虚無感が行間から漂ってきます。

先ほど、アイリッシュとの共通性を挙げましたが、ダールの小説の主人公もつねにある種の虚無感に侵されていて、事件が始まる前から、すでにその存在自体にとり返しのつかない不安が刻印されている感じがするのです。それがフレデリック・ダールという作家の強烈な個性なのです。

パリ北西郊のルヴァロワという町のやるせなく寒々とした雰囲気もみごとに描かれています。クリスマスなのに、いやクリスマスだからこそ、その一見陽気なお祭り騒ぎのせいで、この町の凡庸な暗さが際立ち、「ぼく」の心をますます暗い淵へ誘っていくのです。

そんななか、「ぼく」は遅い夕食に入ったレストランでひとりの女と出会います。自分より深い孤独を抱えた女です。この出会いが決定的なものになるであろうことは、「ぼく」にも、読者にも容易に想像できます。

その女は幼い娘を連れており、この娘が眠りこんでしまったために、「ぼく」は娘を抱きかかえて女の家まで送っていくことになります。そして、家で女が娘をベッドに寝かせたあと、二人は酒を酌みかわしながら話をします。ここで「ぼく」と女の過去が明かされます。驚くほど意外とはいえないながら、二人の深い孤独の理由を解きあかす来歴です。こうして二人はとり返しのつかない道へと踏みだすのです。打ち明け話などしなければよかったのに。

女があなたの家が見たいというので、二人は「ぼく」のアパートに行きます。そこで「ぼく」が女の手にキスをしたとき、「ぼく」は女のドレスの袖口にふたつの赤い染みがついていることに気づくのです。

それから、ふたたび女の家に戻ったとき……。

事件が起こるまで、小説全体のおよそ三分の一が費やされているのですが、この長く緊迫した導入部があるからこそ、惨劇が勃発して以降の、めくるめく屈折するドラマの展開が鮮やかにひき立ちます。ダールは戯曲も二十編ほど書いている作家なので、このあたりの作劇法にも確かな計算が感じられます。

これ以上は、意外な出来事の連続になるので、物語の説明はここまでにとどめておきましょう。サスペンス、トリック、予想外のラスト。いかにもフランスらしい鮮やかな技巧派のミステリーを堪能してください。


作者のフレデリック・ダールは、一九二一年、フランス南東部の、イタリアとスイスに近いイゼール県の小さな町に生まれました。一九二九年の大恐慌で父親の事業が破綻したため、高等教育を受けることはできませんでしたが、リヨンの出版社に見習いとして入ったことから出版界との縁ができ、二十歳くらいから小説を書きはじめます。一九四九年に、その後大人気を博すサン・アントニオ警視が登場するミステリー第一作『奴にカタをつけろ』（未訳）を刊行しますが、まったく売れませんでした。その後、有名なミステリー出版社「フルーヴ・ノワール」に移り、ほとんど専属となって、ミステリーを量産し、人気作家になっていきます。

フレデリック・ダールは本名ですが、多くの別名で執筆をおこないました。なかでも、サン・アントニオの名義で書いたサン・アントニオ警視シリーズは大ヒットしました。

このシリーズは、超人的な活躍をおこなうサン・アントニオ警視を主人公とするハードボイルド小説の変種ですが、その本領は、駄ジャレや新造語や隠語や誇張された比喩や下ネタや文学的引用などを縦横に駆使する文体にあって、ほとんど翻訳不可能といってもよいため、日本で翻訳されたのは『フランス式捜査法』（中村知生訳、ハヤカワ・ミステリ、一九七四年刊）一作だけにとどまっています。

しかし、フランスでの人気は絶大で、このシリーズは全部で百八十作以上（！）あり、最盛期には初版八十万部という信じられないような数字が記録されています。

一方、本名のフレデリック・ダールで執筆するサスペンス・ミステリーも、フランスの推理小説界で高く評価され、とくに初期の『甦える旋律』（一九五六年）は、フランス推理小説大賞を受賞し、ミステリー好きで有名なジャン・コクトーの絶賛を受けました。これをきっかけにダールとコクトーは文通をおこなうようになり、ダールは『甦える旋律』の次作『君が語ったあの死』（一九五七年、未訳）の献辞に、「ジャン・コクトーに捧ぐ／この嘘の塊を／愛をこめて」と記しています。

コクトーのほうも手紙でダールに次のように書き送っています。

「フレデリック・ダール君、左手でサン・アントニオ名義の作品を書き、右手でフレデリック・ダール名義の作品を書きつづけるなんてすばらしいことではないか。きみを好きな人も、嫌いな人もいるだろうが、だれ一人きみに無関心ではいられない」（長島良三訳）

つまり、しばしば「ラブレー的」と評される陽気で、滑稽で、豪放磊落なサン・アントニオの裏側に、暗く、虚無的で、メランコリックなフレデリック・ダールがいるのです。そのじつに対照的な双極性をコクトーはあやまたず指摘しています。

じっさい、職業作家として華やかな成功を収めていながら、ダールの実人生には大きな暗い影が二度差しています。

一度目は、一九六五年のことです。ダールには一九四二年に結婚したオデットという妻がいて、男と女の二人の子供をもうけていました。しかし、オデットとの結婚生活はうまく行かず、双極性障害の悪化も伴って、ダールは自宅で発作的に首吊りをおこないます。しかし、発見が早く、病院への緊急搬送により間一髪のところで命拾いをしたのでした。

その後、オデットと別れて、一九六八年には「フルーヴ・ノワール」の創業者であるアルマン・ド・カロの娘フランソワーズと結婚し、心機一転、スイスに「サン・アントニオ山荘」を建設して、スイスで暮らしはじめます。一九七〇年にはジョゼフィーヌという女の子も生まれます。

ところが、一九八三年、十三歳になった愛娘のジョゼフィーヌが誘拐されてしまうのです。ダールは身代金の二百万スイスフランを払うために、ちょうど売却したばかりのサン・アントニオ山荘の代金を当てるほかありませんでした。その結果、ジョゼフィーヌは無事に帰ることができました。捕えられた犯人は、ダールを取材したことのあるスイスのテレビ局のスタッフの一員でした。

話を小説家フレデリック・ダールに戻します。

コクトーが賞讃した暗いダールと陽気なサン・アントニオという小説家の二重生活は長くは続きませんでした。ダール作品の制作には綿密な設計図が必要でしたが、サン・アントニオ作品は真白な紙をタイプライターに入れれば即興的に執筆できました。それゆえ、年に四、五作などという驚異的な執筆ペースが維持できたのです。つまり、ダールとサン・アントニオの小説は、主題面だけではなく、技法的にもまったく正反対の書かれ方をしていたのです。しかし、手間のかかるダールの小説はサン・アントニオものに比べて売れませんでした。というより、サン・アントニオものは書けばいくらでも売れたのです。こうなるとダール作品の執筆がおろそかになるのは仕方のないことです。ダール名義のサスペンス小説の発表は一九六〇年代後半から急激に失速し、一九七八年以降はまったく書かれなくなります。いわばサン・アントニオ警視がフレデリック・ダールという稀有のサスペンス作家を殺したのです。

フレデリック・ダール本人はその後もサン・アントニオものを旺盛に執筆しつづけ、二〇〇〇年に七十八歳で亡くなりました。生涯に執筆した小説は二百八十八冊といわれています。

ダール名義のミステリーは四十冊ほどありますが、日本で翻訳された作品は本書を含めて以下の七冊です。日本での刊行順に列挙してみます（このほか、先に挙げたサン・アントニオ名義の『フランス式捜査法』と、フランスではフレデリック・シャルルの別名で発表されながら日本ではフレデリック・ダール名義で刊行されたスパイ小説『恐怖工作班』〈長島良三訳、河出文庫、一九八八年刊〉の邦訳があります）。

『悪者は地獄へ行け』（原書一九五六年刊。秘田余四郎訳、潮書房、一九五六年刊）
『絶体絶命』（原書一九五六年刊。中込純次訳、三笠書房、一九五八年刊）
『甦える旋律』（原書一九五六年刊。長島良三訳、文春文庫、一九八〇年刊）
『生きていたおまえ…』（原書一九五八年刊。長島良三訳、文春文庫、一九八〇年刊）
『並木通りの男』（原書一九六二年刊。長島良三訳、読売新聞社、一九八六年刊）
『蝮のような女』（原書一九五七年刊。野口雄司訳、読売新聞社、一九八六年刊）
『夜のエレベーター』（原書一九六一年刊。長島良三訳、扶桑社文庫、二〇二二年刊）

数は少ないながら、ダールの傑作は一九五〇年代後半に集中しているという世評どおり、なかなかの傑作、佳作が揃っています。

邦訳書のリストを見ると、シムノンのメグレ警視ものやルブランの怪盗ルパンものの翻訳で知られる長島良三の活躍が目立ちますが、長島氏は二〇一三年に七十七歳で亡くなっています。今回の『夜のエレベーター』の翻訳は、生前、長島氏が出版の予定もないまま自主的に訳したものということで、よほど思い入れの強いダール作品だったのだろうと推察できます。その意味で、長島氏の死後九年経って、その翻訳が発掘され、日の目を見たことは、日本のミステリー・ファンにとっては大いに喜ばしい出来事です。これをきっかけにダールが再評価され（イギリスでは復刊、再評価の波が起こっているとのこと）、新たな邦訳が出ることを期待したいと思います。

なお、『夜のエレベーター』は、マルセル・ブリュワル監督、ロベール・オッセン主演で一九六二年にフランスで映画化されています。（日本公開は翌六三年）。脚色にはダール自身も参加しており、大筋で原作どおりの話の展開になっています。とくに、舞台となるパリ郊外の町ルヴァロワの寒々しくうらぶれた情景描写は原作以上といっても過言ではなく、映画ならではの直接的なリアリティを醸しだしています。また、ラストの展開は原作と小説では若干異なっていて、小説は宙吊りの余韻を残しますが、映画は有無をいわせず運命の扉を閉じてしまいます。文章と映像というそれぞれのメディアに合ったうまい処理がなされていると思います。

インターネット時代の今は、monte-charge on vimeo で検索すれば、『夜のエレベーター』のフランス語オリジナル版全編を英語字幕つきで見ることができます。本書を読んだあとで見比べてみるのも一興かと思います。

○訳者紹介　長島良三（ながしま　りょうぞう）
1936 − 2013。出版社で翻訳書等の編集をつとめるかたわら翻訳をはじめ、1975年より専業となる。おもにフランス文学を手がけ、モーリス・ルブラン、ボワロー&ナルスジャック、ジョルジュ・シムノン、フレデリック・ダール等のミステリーのほか、『エマニエル夫人』『O嬢の物語』等、幅広い訳書を多数残す。

夜のエレベーター

発行日　2022年8月10日　初版第1刷発行

著　者　フレデリック・ダール
訳　者　長島良三

発行者　小池英彦
発行所　株式会社 扶桑社

〒105-8070
東京都港区芝浦1-1-1　浜松町ビルディング
電話　03-6368-8870(編集)
　　　03-6368-8891(郵便室)
www.fusosha.co.jp

印刷・製本　株式会社広済堂ネクスト

ISBN 978-4-594-09215-3　C0197

扶桑社海外文庫

真夜中のデッド・リミット（上・下）
スティーヴン・ハンター　染田屋茂／訳　本体価格各980円

メリーランド州の山中深くに配された核ミサイル発射基地が謎の武装集団に占拠された。ミサイル発射の刻限は深夜零時。巨匠の代表作、復刊！〈解説・古山裕樹〉

ベイジルの戦争
スティーヴン・ハンター　公手成幸／訳　本体価格1050円

英国陸軍特殊作戦執行部の凄腕エージェント・ベイジルにナチス占領下のパリへの潜入任務が下る。巨匠が贈る傑作戦時エスピオナージュ！〈解説・寳村信二〉

ナイトメア・アリー　悪夢小路
ウィリアム・リンゼイ・グレシャム　矢口誠／訳　本体価格1050円

カーニヴァルで働くマジシャンのスタンは、野心に燃えてヴォードヴィルへの進出を果たすが…ギレルモ・デル・トロ映画化のカルトノワール。〈解説・霜月蒼〉

つけ狙う者（上・下）
ラーシュ・ケプレル　染田屋茂&下倉亮一／訳　本体価格各1000円

スウェーデンを揺るがす独身女性の連続惨殺事件。犯行直前に被害者の姿を盗撮した映像を警察に送り付ける真意とは？ヨーナ・リンナ警部シリーズ第五弾！

＊この価格に消費税が入ります。

扶桑社海外文庫

ビーフ巡査部長のための事件
レオ・ブルース　小林晋／訳　本体価格1000円

ケント州の森で発見された死体と、チックル氏が記した「動機なき殺人計画日記」の関わりとは？　英国本格黄金期の巨匠の第六長篇遂に登場。〈解説・三門優祐〉

瞳の奥に
サラ・ピンバラ　佐々木紀子／訳　本体価格1250円

秘書のルイーズは新しいボスの医師デヴィッドと肉体関係を持つが、その妻アデルとも知り合って…奇想天外、驚天動地の結末に脳が震える衝撃の心理スリラー。

狼たちの城
アレックス・ベール　小津薫／訳　本体価格1200円

ナチスに接収された古城で女優が殺害される。調査のため招聘されたゲシュタポ犯罪捜査官──その正体は逃亡用に偽りの身分を得たユダヤ人古書店主だった！

皮肉な終幕　レヴィンソン&リンク劇場
R・レヴィンソン&W・リンク　朝倉久志他／訳　本体価格850円

『刑事コロンボ』『ジェシカおばさんの事件簿』等の推理ドラマで世界を魅了した名コンビが、ミステリー黄金時代に発表した短編小説の数々！〈解説・小山正〉

＊この価格に消費税が入ります。